サマー・クロッシング

トルーマン・カポーティ 著
大園 弘 訳

開文社出版

SUMMER CROSSING
by Truman Capote

This edition published by arrangement with Random
House, an imprint and division of Penguin Random
House LLC arranged through The English Agency
(Japan) Ltd.

目次

トルーマン・カポーティ …… iv

第一章 …… 1

第二章 …… 27

第三章 …… 45

第四章 …… 73

第五章 …… 103

第六章 …… 121

後記 …… 162

原本についての注記 …… 176

ニューヨーク公共図書館のトルーマン・カポーティ関連資料 …… 177

訳者あとがき …… 179

トルーマン・カポーティ

トルーマン・カポーティは、トルーマン・ストレックファス・パーソンズとして一九二四年九月三〇日にニューオーリンズで生まれた。幼少期は不安定な家庭生活に影響を受け、アラバマ州モンローヴィルの母方の親族に面倒をみてもらった。父親は詐欺容疑で収監され、離婚後の両親はトルーマンの親権をめぐって激しく争った。結局トルーマンは、母親、その再婚相手のキューバ人ビジネスマンと一緒に暮らすためにニューヨークシティに引っ越し、母親の再婚相手の姓を名乗ることになった。青年カポーティは、一九四〇年代前半、「ザ・ニューヨーカー」のコピーボーイに採用されたが、自身の不注意が原因でロバート・フロストの怒りを買い解雇された。「ハーパーズ・バザー」に掲載された初期の短編小説により、カポーティの小説家としての名声は二〇代にして確立した。また自ら「悪魔払いの試み」と称した成年後のゴシック風長編小説『遠い声・遠い部屋』(一九四八)と、アラバマ時代をより優しくファンタジックな雰囲気で描いた中編小説『草の竪琴』(一九五一)で、カポーティは早咲きの作家としての名声を不動のものにした。

カポーティは作家としての第一歩を踏み出した頃から、他の作家、芸術家、上流社会の名士、諸外国の著名人らと幅広く交流し、その派手な社会生活は、しばしばメディアの注目を集めた。彼は短編小説を短編集『夜の樹』(一九四九)に収録し、中編小説『ティファニーで朝食を』(一九五八)を出版したが、徐々に演劇――『草の竪琴』を戯曲に、『わが家は花ざかり』(一九五四)をミュージカルに脚色した――とジャーナリズム――初期の作品としては、『ローカル・カラー』(一九五〇)と『詩神の声聞こゆ』(一九五六)――にエネルギーを傾注していった。また一時期は映画にも関心を向け、ジョン・ヒューストンの『悪魔をやっつけろ』(一九五四)の脚本を手がけた。

カポーティは、カンザスで起こった一家惨殺事件に関心を向け、その調査のために長期間を費やした末、その努力は『冷血』(一九六六)に結実し、文句なしの成功を手にした。彼は「現実の出来事をフィクションの手法で扱う」ことで新たなスタイルを生み出そうと考えた。「紛れもない事実」と芸術作品の融合である。だが、この新たな芸術的なジャンルがどう定義されるにせよ、これが「ザ・ニューヨーカー」に連載され始めると、この作品はカポーティの以前の作品の場合よりも多くの読者層の間で注目されることになった。『冷血』の完成を記念して自らが開いたプラザホテルでの仮面舞踏会は広く宣伝され、それは一九六〇年代を象徴する出来事となり、しばらくの間、カポーティはテレビや雑誌に度々登場した。また彼は『名探偵登場』に俳優としても出演した。

カポーティは『叶えられた祈り』の執筆に何年もの歳月を費やした。生涯にわたって観察してきた富豪や有名人たちの実像を白日の下にさらす目的で取り組んだ未完の小説である。その一部が一九七五年に「エスクァイア」に掲載されると、カポーティの裕福な友人たちは、私的な秘密を暴露されたことに唖然とし、かつてはカポーティが支配していた社会から彼を追放した。後年カポーティは、フィクションとエッセイから成る選集『犬は吠える』(一九七三)と『カメレオンのための音楽』(一九八〇)を出版した。そして一九八四年八月二五日、彼は長年にわたる薬物乱用とアルコール依存症により帰らぬ人となった。

『トルーマン・カポーティ選集』、『あまりにも粗末なご馳走――トルーマン・カポーティの書簡』はともに二〇〇四年に出版された。

第一章

2

「ねえ、あなたって不思議な子ね」と母親は言った。グレイディは薔薇とシダのセンターピースの向こう側からテーブル越しに母親を見て、優しくほほ笑んだ。そう、私は不思議な子だわ。そう思うとグレイディは嬉しくなった。しかし、不思議なところなどまったくない八歳年上で既婚のアップルは言った。「グレイディは愚かなだけよ。私もついていけたらなあ。だってママ、ママたちは来週の今頃はパリで朝食の最中なのよ！　ジョージは私たちも行こうねって、いつも約束はしてくれるんだけど・・・どうなることやら」アップルは間をあけて妹に視線を向けた。「グレイディ、一体全体、なぜ真夏にニューヨークで過ごしたいなんて思うの？」グレイディは、みんなには自分のことを放っておいてほしかった。何度も繰り返しこう願い続けてきたが、ついに出発の日の朝を迎えたのだった。これまで返してきた答え以外に言うべきことはなかった。真実はひとつしかなく、グレイディはそれを伝えるつもりはまったくなかった。「ニューヨークで夏を過ごしたことがないからよ」と彼女は答えて視線をそらし、窓の外を見た。行きかう車の眩い光がセントラルパークの六月の朝の静けさを際立たせた。初夏の太陽が春の若葉の表面を干からびさせ、プラザホテルの正面の木立から木洩れ日となって、朝食中の彼らに降り注いだ。「私は変な子よ。お母さんたちは好きにやってちょうだい」笑みを浮かべながらも、グレイディは、この発言はまずかったのではないかと思った。彼女が変わり者だということは、家族の正直な気持ちでもあったからだ。かつて十四歳の頃、グレイディは不快でやり切れない思いに苛まれたことがある。母は本当のところ私のことを好きではないけれども、愛してくれてはいるのだという思いである。最初、グレイディはそれを、アップルよりも自分の方が平凡で頑固で陽気さに欠けると母が考えているためだと思っていた。しかし、アップルにとっては耐えがたいことだったかもしれないが、自分の方がはるかに美しいと悟ると、グレイディは母の見方をあれこれ詮索することをやめた。答えはもちろん漠然とした形ではあれ、とても幼い頃から、自分は母のことをあまり好きではなかったということにグレイディはようやく気づいた。にもかかわらず、母娘の態度に露骨な表現はほとんどなかった。実際、両者の敵意は愛情という家具で控えめに内装されていた。現にマクニール夫人は、娘の手に自分の手を重ねてこう言った。「ねえ、やはりあなたのことが気になるの。そう感じるのはどうしようもないわ。なぜかはわからないけど、安全だとは思えないの。十七歳って、安心できる年齢ではないし、これまでひとりっきりで過ごした経験があるわけでもないし」

マクニール氏は、話すときはいつもポーカーのゲームでビッドを宣言しているような話し方をした。だが、とにもかくにも、彼はめったにしゃべらなかった。それはひとつには、妻が会話に割り込まれることを嫌ったからであり、またひとつには、彼自身とても疲れていたためだった。彼は葉巻をコーヒーカップの中で消した。それを見たアップルとマクニール夫人は顔をしかめた。マクニール氏は言った。「私が十八歳のときには、三年間もカリフォルニアで過ごしたよ」

「でもラモント・・・あなたは男性よ」

「どう違うっていうんだい?」と彼は不満そうに返した。「最近では男性も女性も違いがなくなってきたと言ったのは、きみ自身だったよね」

会話に不穏な空気を感じたためか、マクニール夫人は咳払いをした。「ラモント、このまま出発しちゃっていいものか、今も不安なのよ――」

グレイディは、こみ上げてくる笑いを抑えることができなかった。目の前に広がる真っ白な夏が、思いのままに大胆で純真な最初のひと筆を待ち受ける広大なカンバスに思えてくるようなワクワク感を彼女は感じたのだ。また、誰も、ほとんどまったく疑っている様子でもなかったので、彼女は何食わぬ顔で笑っていた。卓上の銀器に反射して揺らめく光は、彼女の興奮を強めただけではなく、警告の合図でもあった。グレイディ、気をつけるのよ。しかし、別のところから、グレイディ、胸を張るのよ、もう大人なんだから。自分の旗を空高く掲げて風になびかせるのよ、という声が聞こえてきた。どこから聞こえてきたのだろうか。薔薇の声なのか？　薔薇は話すことができる、薔薇は知恵の心である、と彼女はどこかで読んだことがあった。彼女は再び窓の外に目を向けた。笑いがこみ上げてきて、彼女の唇にあふれ出た。グレイディ・マクニールにとっても、話す薔薇にとっても、何と輝かしく陽の光に満ちあふれた一日であることか！

「グレイディ、何がそんなにおかしいの？」アップルの声は穏やかではなかった。まるで、聞き分けのない赤ん坊の片言のようだった。「お母さんは、普通の質問をしているだけなのに、あなたはお母さんが馬鹿だって思っているみたいに笑ったりなんかして」

「グレイディは私を馬鹿だなんて、これっぽっちも思ってはいないわ」とマクニール夫人は言ったものの、確信を欠いた彼女の声の調子が疑念を示していた。夫人の目には目深に垂れるクモの巣のような帽子のベールの格子の奥で、グレイディに侮辱されていると思うと必ず感じる刺すような痛みに動揺している様子がかすかに浮かんでいた。ふたりの間にはできるだけ接触がないことが望ましかった。本当の意味でのシンパシーがないということは、夫人にはわかっていた。それでもグレイディがよそよそしさを装って、自分の方が優っているという態度を取ることに夫人は耐えられなかった。このような瞬間、夫人の手はピクリと引きつった。もう何年も前のことだが、かつてグレイディがまだ散切り頭で、膝には傷が絶えなかったおてんば娘だった頃、夫人は自分の手をコントロールできなかった。もちろん、女性の人生で情緒的にもっとも辛い時期だったとは言え、そんな場面に直面すると、夫人はグレイディの配慮を欠くよそよそしさに我慢できずに、娘を激しく平手打ちにした。その後、似たような衝動に襲われると、彼女はいつも両手を何か硬いものの表面に固定させた。というのも、以前のように自己コントロールができなくなってしまったとき、グレイディは相手の腹の内を探るような、海の藻屑に似た緑色の目で彼女を見おろし、虚栄心という彼女のひびの入った鏡にサーチライトを向けたからである。夫人は能力に乏しい女性だったので、このように自分よりも強い意志の力と対峙したのは初めての経験だった。「まさか、そんなふうに思ってなんかいないはずよ」と夫人はユーモアを装ったように瞬きしながら言った。

「ごめんなさい」とグレイディは言った。「何か訊いた？　何も耳に入ってこないみたい」彼女は最後のひと言を、弁解というよりも深刻な告白のように言った。

「まったく、もう」とアップルはあざけるように言った。「あなた、まるで恋をしているみたい」

何かがグレイディの心をノックした。危険の感覚である。銀器が重々しく揺れ、搾りかけのレモンのスライスが、グレイディの指の中で静止した。彼女は単に愚かなだけとは言えない何かしらの思惑があるのではないかと考えて、すばやく姉の目の表情をさぐった。その心配がないとわかると、彼女はレモンを紅茶に搾り終えて、母親の言葉に耳を傾けた。「グレイディ、ドレスのことだけど。パリで誂えてもらうのがいいんじゃないかしら。ディオールとかファトとか。長い目でみれば、その方が経済的だし。落ちついた感じの若葉色が素敵よ。あなたの肌や髪の色にピッタリだわ。もっとも、そんなに短い髪形でなければ嬉しいんだけど。あなたには似合ってないというか、あまり女性らしくない気がするの。社交界デビューを控えた乙女が緑色のドレスを着れないなんて残念だわ。表面が波打った白い絹のドレスなんかいいわよね」

グレイディはしかめっ面をして母親の言葉をさえぎった。「パーティドレスの話なら、ドレスなんて欲しくないわ。パーティもお断りよ。パーティに行くつもりはないし、とにかくそんなパーティには出ないわ。物笑いの種になどなりませんからね」

あらゆる疲労の原因の中でも、このような娘の態度ほどマクニール夫人を苦しめ、いらだたせるものは他にはなかった。彼女はまるで不自然な振動が、この健全で安定したプラザホテルのダイニングルームを振動させているかのように身を震わせた。私だって物笑いの種にはなりませんからね。夫人はそう言葉を返していたかもしれない。というのも、グレイディの社交界デビューの年をうまく乗りきるために、彼女はすでにとても多くの戦術を展開してきたからだ。そのために秘書を雇おうと考えたこともあった。さらには、独りよがりだとは言え、彼女の社交のすべては、単調な昼食会から退屈なお茶会に至るまで（おそらく夫人はそう表現していたであろう）ひとえに、娘たちが舞踏会デビューの年に華々しく世間に受け入れられることだけを願って耐え忍んできたのだった。ルーシー・マクニール自身の社交界デビューも広く知られたセンチメンタルな出来事だった。彼女の祖母は、サウスカロライナ州の上院議員ラトロッタ氏を夫とする正真正銘の由緒正しいニューオーリンズ美人だったが、その祖母は一九二〇年四月、チャールストンのカメリアで開かれた舞踏会にルーシーとふたりの姉妹を参加させた。それはまさに社交界デビューの瞬間だった。というのも、ラトロッタ家の三人娘はまだ女学生だったが、その年齢層の女学生の社会的冒険は、従来から教会という束縛の枠内で行われてきたからである。ルーシーはその晩必死に旋回したせいで、彼女の足にはこの人生の入り口で受けた傷が、何日も消えないままだった。また、彼女は議員の息子と熱烈にキスをしたために、彼女の頬は深い羞恥心のせいで、ひと月もの間、紅潮したままだった。当時は未婚で、現在もオールドミスの姉妹たちは、キスをすると妊娠すると主張したので、涙ながらの告白を聞いた祖母は、いいえ、キスをしても妊娠はしません。でも、レディーにもなれませんよ、と言った。ルーシーはほっとして順調に勝利の年を迎えた。彼女は見た目にも美人だったし、会話の相手としても退屈ではなかったので、勝利を手にすることができた。年少者の社交の場では、デートの相手を見つけるとしても、ヘイゼル・ヴィア・ナムランド校やリンカーン校の女子生徒たちのような冴えない女の子たちしかいなかったという当時の事情を思えば、ルーシーの立場は比較にならないほど恵まれていた。また、ニューヨークのフェアモント家の家系を持つルーシーの母方の家族は、冬休みに、まさにここプラザホテルでルーシーのために華やかなダンスパーティを開いてくれた。ルーシーは、今、その場所のすぐそばに座っていて、当時のことを思い出そうとしたが、何もかもが金色と白で、母親の真珠の首飾りを身に着けていたということ以外はほとんど何も思い出せなかった。そう、彼女はそこでラモント・マクニールと出会ったのだ。しかし、それは取り立てて言うほどの出来事ではなかった。ルーシーはラモントと一度だけダンスをしたが、何も感じなかった。だが、ルーシーの母は彼に好印象を抱いた。というのも、ラモント・マクニールは社会的に無名だったし、まだ二〇代後半の若者だったが、ウォール街でその存在感を絶えず強めている人物だったので、上流社会の女性たちよりも少し下の階層の女性たちにとっては、結婚相手として申し分のない人物だった。ラモントはディナーに招待された。ルーシーの父親は彼をサウスカロライナでのカモ猟に誘った。男らしい方ね。祖母のラトロッタ夫人は、彼の印象をそう語った。そのような見方をしたために、祖母はラモントを文句なしの人物であると太鼓判を押した。七ヶ月後、ラモント・マクニールはポーカーボイスを最高に優しく震わせて、ルーシーにプロポーズした。ルーシーはそれまでに二度、男性からプロポーズされたことがあった。ひとつは話にならないものだったし、もうひとつは、ただの冗談だった。まあ、ラモント、私は世界一の幸せ者だわ。彼女はそう応じた。ルーシーが十九歳のとき、最初の子供が生まれた。アップルである。その子をそう名づけたのは、滑稽にも、妊娠当時、ルーシー・マクニールが樽単位の量の林檎を食べたためだった。命名式に立ち合った彼女の祖母は、それをとんでもない愚行だと考えた。ジャズと二〇年代がルーシーの気を狂わせたのだわ、と祖母は言った。しかし、こんなふざけた名前のつけ方をするような子供じみた時期もやがて終わりを迎えた。一年後、ルーシーはふたり目の赤ん坊を死産で亡くしたのだ。男の子だった。彼女は、その子を戦死した兄への追悼の気持ちを込めて、グレイディと呼んだ。彼女は長期間ふさぎ込み、ラモントはヨットを借りて、ふたりで地中海を巡航した。サントロペからタオルミーナ間の港は、どこも鮮やかなパステルカラーだった。ルーシーは港に着くたびに、違法な手段で客室乗務員たちからクルーズ船に連れ込まれて当惑している現地の少年たちのために、船上で悲壮感漂うアイスクリーム・パーティを開いてやった。しかし帰国の途に就くと、この涙に霞んだ霧は突然晴れた。彼女は赤十字社とハーレムに目覚めた。二重の負担を背負い込む試みだった。彼女はまた、三位一体教会、世界市民主義団体、共和党にも本格的に関わるようになった。彼女はどんな活動にも支援者となり、貢献者となり、協力者となった。そんな彼女を称賛に値すると評価する者もいれば、勇敢だと捉える者もいた。また、中には、少数ではあれ、彼女を軽蔑する者もいた。しかしながら、この少数派は猛烈な派閥となり、長年にわたって力を結集し、彼女のさまざまな野望を妨害した。ルーシーは耐え忍んだ。彼女はアップルに期待を寄せた。ピカイチの社交界デビューを控えた娘を持つ母親には、社交界での原子爆弾級の復讐という武器があった。しかしその一方で、彼女の思惑はあえなく退けられた。というのも、新たに戦争が始まり、戦時中の社交界デビューは、どう見ても無謀な試みだったからである。彼女の所属団体は、その代わりに救急車をイングランドに贈った。そして今度は、グレイディもルーシーを欺こうとしていた。ルーシーの両手はテーブルの上でピクリと動き、彼女はその手でスーツの襟に触れると、赤褐色のダイヤのブローチを引っ張った。あまりにも度を越していた。グレイディは、そもそも男の子として生まれてこなかったことで、ルーシーをいつも裏切り続けてきた。それでもルーシーは彼女をグレイディと名づけた。そして哀れにも、ラトロッタ夫人は怒りに満ちあふれた生涯最後の一年を迎えることとなり、この上ない憤りのあまり、ルーシーは病的だと言い放った。

一方、グレイディはグレイディであったためしはなかった。ルーシーが望む子供ではなかった。そして、この点について言えば、グレイディは理想どおりでありたいとも思わなかった。アップルの方は、かなり陽気な振る舞い方ができたし、ルーシーの品格の影響を受けてもいたので、文句なしの成功例だったが、グレイディはと言えば、ひとつには若者たちに人気がなかったこともあり、先行き不安なところがあった。もしグレイディが協力を拒めば、失敗は確実だった。「グレイディ・マクニール、デビューが待ち受けているのよ」とルーシーは手袋を伸ばしながら言った。「あなたは白いシルクのドレスを着て緑色のランのブーケを胸に抱くのよ。あなたの目の色と赤い髪の毛に多少は映えると思うわ。そしてベルさんの家族がハリエットのために雇ったオーケストラをうちでも雇うつもりよ。グレイディ、言っておきますからね。あなたのデビューのことで、あなたがいい加減な態度を取り続けるなら、母さんは二度とあなたと口をききませんからね。ラモント、お会計をしてもらってちょうだい」

グレイディはしばらく黙ったままでいた。彼女は家族の全員が見た目ほど内心穏やかではないことがわかっていた。彼らはこの場面でもグレイディが暴れ出すものと考えていた。それは、彼らが最近のグレイディを正確に理解しておらず、彼女の最近の気質にいかに気づいていないかということの表われだった。ひと月かふた月前だったなら、グレイディは自分の尊厳が侵害されたと感じると、たちまち家を飛び出し、車のエンジン音を轟かせ、アクセルをめいっぱい踏み込んで臨港道路を疾走した。彼女はピーター・ベルを探し、ハイウェイの居酒屋でどんちゃん騒ぎをした。こうして彼女は家族に心配をかけたものだ。しかし、今、グレイディの心を占めていたのは、無関心以外の何ものでもなかった。そしていくぶんかは、ルーシーに同情を感じなくもなかった。白いシルクのドレスだろうが、ベルさんの家族がハリエットのために雇ったオーケストラだろうが、そんなことが自分に起こるはずはないという思いは、昨年の夏から感じていた。マクニール氏に会計をまかせ、ふたりでダイニングルームを横切る際、グレイディはルーシーと腕を組み、おどけながらも、ぎこちなくルーシーの頬に軽くキスをした。そのしぐさによって家族はたちまち一体となった。何と言っても、彼らは家族だった。ルーシーの頬は紅潮した。夫がいて、娘たちがいて、ルーシーは鼻高だかだった。そしてグレイディには頑固なところはあったが、他人がどう言おうとも、素晴らしい子供、ひとりの人格だった。「グレイディ」とルーシーは言った。「あなたと一緒に渡航できなくて寂しくなるわ」

前を歩いていたアップルが振り返った。「グレイディ、今日は車？」

グレイディはすぐには答えなかった。最近、アップルの一言一句にいぶかしげな響きを感じる。なぜ訊くのかしら？　アップルにばれていたらどうしよう？　アップルにはまだ知られたくはなかった。「グリニッチから電車で来たわよ」

「じゃあ、車は家?」

「あら、いけなかった?」

「いいえ、まあ、そうね。そう噛みついてこないでよ。ロングアイランドまで乗せてってくれればと思っただけよ。アパートに立ち寄ってジョージの百科事典を持ち帰るって彼に約束したのよ。ずいぶん重たいでしょ。電車で持ち運びたくはないし。早く帰宅できれば、あなたも海水浴ができるし」

「ごめんなさい、アップル。車は修理工場なの。スピードメーターが故障しちゃって、こないだ、預けちゃったのよ。もう直っているはずだけど、実は、街でデートの約束があるの」

「あら?」アップルは不満げに言った。「お相手は?」

グレイディは訊いてほしくはなかったが、「ピーター・ベルよ」と答えた。

「まあ、ピーター・ベルですって? なぜあの子とばかり会ってるの? 自分のことを賢いと思っているような子なのに」

「実際、賢いわ」

「アップル」とルーシーは口をはさんだ。「グレイディの友達はあなたと関係ないわ。それにピーターは魅力的な子よ。ピーターのお母さんは私の花嫁付添人を務めてくれたひとりだったわ。ラモント、あなた覚えてる？　花束をキャッチしたのが彼女だったわ。ところで、ピーターはまだケンブリッジにいるんじゃないの？」

ちょうどそのとき、グレイディにはロビーの向こうから自分の名前を呼ぶ声が聞こえてきた。「ハイホー、マクニール！」グレイディのことをこう呼ぶのは世界にひとりだけだった。しかもその声には不自然な陽気さが感じられた。こともあろうに、この場面でピーターが現われるなんてありがたいことではなかった。高価だが、ちぐはぐのいでたちの青年である（地味なフランネルのスーツに夜会用の白いネクタイ姿だった。スーツのズボンには宝石をちりばめた趣味の悪いカウボーイベルトが巻かれていて、テニスシューズを履いていた）。ピーターはシガーカウンターで小銭をポケットに入れているところだった。自分を出迎えようと途中まで近づいてきたグレイディの方に歩きながら、ピーターは常に人生に最善のことを期待している人にありがちな、ゆったりとした優雅な歩き方で近寄っていった。「素敵だね、マクニール」ピーターはそう言うと、自信たっぷりにグレイディと抱擁をかわした。「でも、僕ほどじゃないね。床屋に行ってきたばかりなんだ」彼のすっきりと整った顔立ちに申し分なく表われたみずみずしさが、それをはっきりと物語っていた。散髪直後の髪型のせいで、ピーターには無防備な素朴さが漂っていた。

グレイディはおてんば娘のように、彼を陽気にひと突きした。「あら、ケンブリッジにいたんじゃなかったの？　それとも法律は退屈っていうわけ？」

「うんざりだよ。でも僕がハーバードから追い出されたって家族が知ったときのことを想像すれば、それよりはまだましだ」

「まさか」グレイディは笑い声を上げた。「とにかく、どういうことか聞きたいわ。でも、今、すごく急いでるの。お母さんとお父さんがヨーロッパに出かけるの。船上でお見送りしなくちゃならないの」

「僕もついて行っていいかな？　お願い、お嬢さん」

グレイディはためらったのち、こう声を上げた。「アップル、ピーターも一緒に来るって、お母さんに伝えてちょうだい」ピーターはアップルの背中に向かって、あっかんベーをし、タクシーを拾うために通りへと走り出た」

タクシーは二台必要だった。グレイディとピーターは、ルーシーの小型で斜視のダックスフンドをクロークルームで受け取るのに手間取ったので、二台目に乗った。タクシーにはルーフウィンドウがついていた。空を舞うハト、雲、タワーがふたりの上に崩れ落ちてきた。太陽は矢のような夏の陽差しを放ち、グレイディの短く刈り込んだ真新しいペニー銅貨色の髪を輝かせた。彼女の痩せてシャープな顔は、魚の背骨のように繊細な輪郭をしていて、蜂蜜色に吹きつける光でほてって見えた。「万一、誰かが訊いたとしても」とグレイディはピーターのタバコに火をつけてあげながら言った。「アップルでも誰でも、私たちはデートの約束をしているって答えてちょうだいね」

「男のタバコに火をつけるっていうのは新しいわざなの？　それにさ、なんだい、そのライター。マクニール、どうやって手に入れたんだい？　趣味悪いよ」

どちらかと言えば、そのとおりだった。しかし、彼女は今の瞬間までそう思ったことはなかった。それは鏡でできていて、大きなスパンコールのイニシャルがついており、ドラッグストアのカウンターで見かける安っぽいおもちゃのたぐいだった。「買ったのよ」と彼女は言った。「優れものよ。とにかく、今お願いしたこと、覚えておいてくれるわよね？」

「ノーだよ。自分で買ったものじゃないはずだ。そう信じ込ませようと必死なのはわかるけど、きみは実際にはそんなに趣味は悪くないよ」

「ピーター、からかってるの？」

「もちろん、そうだよ」と言って、ピーターは笑った。グレイディは、彼の髪を引っ張って自分も笑った。グレイディとピーターは親戚ではなかったが、血はつながっていなくても、シンパシーの点では親族同然だった。最高に幸せな友人関係だったし、ピーターと一緒にいると、グレイディは心地よく温かいお風呂に入っているように落ち着くことができた。「からかったっていいだろ？　きみだって、いつも僕をからかってるくせに。首を振ってもだめ。どうせ何か企んでるんだろ。しかも、僕には話さないつもりなんだね。心配しなくてもいいよ。きみを困らせたりはしないから。デートの件、了解。悶々とした親の姿を見ないですむなら何でもするよ。でも、ちゃんとお返しはしてくれるよね。だって、きみのためにお金を使っても、得するわけじゃないしね。姉のハリエットのそばで動き回っている方が、よっぽどましだよ。だって、少なくとも姉は天文学のことなら何でも教えてくれるからさ。ところで、その退屈な姉が、どうしたと思う？　夏の間じゅう、星の研究のためにナンタケット島に出かけたんだ。あの船なの？　クイーン・メアリー号だね？　僕なら、絶対、ポーランドのタンカーみたいな面白い船がいいな。あんな不気味なクジラを考え出したヤツはガス室送りだね。その点、きみたちアイルランド人はまったくの正統派だ。イングランド人は脅威だね。もっとも、それはフランス人も同じだけど。ノルマンディー号はたちまち焼失したわけでもないしね。それでも、僕はアメリカの客船には乗りたくないよ。たとえ、きみが僕に――」

マクニール家の家族は、室内がニスで塗装され、模造の暖炉が据えられたAデッキのスイートルームにいた。ルーシーは届いたばかりのランを襟の折り返しに挿し、あちらこちらに動き回っていた。アップルはそのあとについて、贈り物の花や果物に添えられたカードのメッセージを大声で読み上げた。マクニール氏の秘書で風格のあるミス・シードは、パイパー・エドシックのボトルを持って家族の間を歩き回った。彼女の表情は、午前中というそぐわない時間帯にシャンパンを飲んだせいでかすかに歪んでいた（ピーター・ベルは彼女に、グラスはいらない、ボトルの残りをラッパ飲みするから、と伝えた）。そしてマクニール氏本人は、周囲からうやうやしく接せられたことに気をよくして、戸口に立ちはだかり、著名人旅行者たちをテレビ放映していた男を落胆させた。「申し訳ない・・・化粧を忘れたよ、ハッ、ハッ」マクニール氏のジョークは、他の男たちとミス・シード以外の誰からも受けなかった。しかも、ルーシー曰く、それはミス・シードがマクニール氏を愛しているからに他ならなかった。ダックスフンドが、グラビア用の写真のポーズをとっているルーシーをフラッシュをたいて撮影していた女性カメラマンのストッキングを引き裂いた。「外国での予定は、ですって？」ルーシーはレポーターの質問を繰り返した。「そうですね。どうかしら。カンヌに家を持っていますが、戦争以降訪ねてないから、多分、そこに立ち寄ることになるわ。そして、ショッピングかな。もちろんショッピングはします」ルーシーは戸惑ったように咳払いをした。「でも、主には船旅よ。夏の航海ほどよい気分転換はありませんしね」

ピーター・ベルはシャンパンをこっそりと手に入れると、グレイディを連れ出し、社交室を通り抜けてオープンデッキに出た。そこでは乗船客たちが、ニューヨークのスカイラインを背景にして見送り人たちと一緒に行進し、早くも横揺れしながら気取って歩いていた。男の子がひとりっきりで見捨てられたように手摺りのところに立って、紙吹雪を放っていた。ピーターは男の子にシャンパンを一口勧めたが、巨人とも言うべき並外れた体格の母親が、足音を轟かせて近づいてきて、ふたりを犬小屋専用のデッキに追いやった。「なんとまあ」とピーターは言った。「犬小屋だ。いつもの僕らの運命だね」彼らは陽だまりに身を寄せ合うようにかがみ込んだ。そこは密航者が身を潜めるのに恰好の場所だった。数本の煙突から切なげで身を切るような轟音が響いてきた。ピーターは、もしふたりともこのまま眠りに落ちて、目を覚ますと満天の星のもと、沖合の大海原を漂っているとすれば、どんなに素晴らしいことか、と言った。かつて何年も前、ふたりでコネチカットの海岸を駆け、入り江を見渡しながら、一日中、入念だが実現の見込みのない筋書きを考えて過ごしたことがあった。ピーターはいつも真剣だった。ゴムボートでスペインに行けると本気で信じていたし、今、彼の話しぶりには当時と同じような響きが漂っていた。「子供時代は、もう卒業だね」とピーターは言って、残りのワインをふたりで飲んだ。「当時は、本当に惨めだったね。でもまだ子供のまま、きみと一緒にこの船の上で過ごせたらなあ」

グレイディは日焼けしたむきだしの両脚を突き出して頭をキッとそらした。「私なら、岸まで泳いでいくわ」

「もしかすると、僕は以前ほどきみのことをよくわかっていないのかもしれないね。きみとはしばらく会っていなかったし。ところで、マクニール、どうしてヨーロッパ行きを断ったんだい？　こんな質問しちゃ、失礼かな？　つまり、きみの秘密を詮索していることになるかな？」

「秘密なんてないわ」とグレイディはイライラしながらも、もしかしたら秘密があるのかもしれないという思いに興奮を覚えながら言った。「秘密と呼べるほどのものじゃないの。どちらかと言うと、プライバシーに近いわ。少しの間、秘めておきたい小さなプライバシーよ。ずーっと、というわけじゃなく、一週間とか、一日とか、ほんの数時間とかよ。そうねえ、抽き出しの中に隠しておくプレゼントのようなものよ。すぐにあげてしまうプレゼントだけど、ほんの少しの間だけしまっておきたいようなものよ」グレイディは自分の気持ちをうまく言葉にできなかったが、ピーターの顔をチラリと見ると、いつものように彼が理解してくれているという様子が見て取れた。しかし、その様子には驚くほど表情が欠けていて、まるで、いきなり陽差しにさらされたせいで血色をなくしてしまったかのように、彼は霞んで見えた。それからやがて彼女は、ピーターが自分の話をまったく聞いていなかったことに気づいて、彼の肩をポンと叩いた。「僕は考えていたんだ」とピーターは目をぱちくりさせながら言った。「人気《にんき》がないということが、はたして最終的に報われるのかどうかってね」

それは以前から引きずっていた問題だった。だがグレイディは、その答えをピーター自身の人生から学んでいたつもりだったので、彼が思い悩んだようにそう尋ねるのを聞いたり、そもそもそんな質問を向けたりしたことに驚いたし、少々ショックを受けた。ピーターは人気者だったためしはない。それは事実だった。学校でもクラブでもそうだったし、彼の表現を借りれば、知り合うべく運命づけられた人びとの誰からも、彼は人気がなかった。けれども、まさにそうした状況こそが、ふたりを堅く結びつけてもいた。というのも、グレイディ自身は、人気があるとかないとか気にもかけなかったが、ピーターのことが大好きだったし、ピーターの現実離れした世界で彼と交流を続けてきた。そこはまるでピーターと同じ理由で、自分が属する領域だった。ピーターはたしかに、彼女が自分と同じくらい愛されていないということを教えてくれた。ふたりともあまりにも繊細すぎたのだ。ふたりにとって、この青春期は勝利の時期ではなかった。ピーター曰く、彼らの勝利は将来巡ってくるはずだった。一方グレイディは、そんなことを考えたことはなかった。その意味では、今となってはばかげた問題としか思えない昔のことを思い出しながらも、彼女は自分が実際には人気がなかったことなどなかったことに気づいた。人から好かれようと努めたことはなかったし、人から好かれることが大切だと心から感じたことはなかった。一方ピーターは気にしすぎだった。子供時代、グレイディはピーターが自分の身を護るための砂の城を作るのをいつも手伝った。すきま風が入り込んでくる砂の城だった。このたぐいの城は、やがて自然に、かつ、幸福な過程を経て崩れていくものである。彼の砂の城がいまだに存在しているというのは、彼女には驚き以外の何ものでもなかった。グレイディはふたりだけのユーモラスな話題のファイルや、悲しい秘話や、優しさがこもった造語の使いみちをまだ持ってはいたが、その城の一部でありたいとは思わなかった。あの拍手喝采を浴びた瞬間、ピーターが約束した最高の一瞬がまさに今だということをピーターはわからなかったのだろうか。

「わかってるよ」とピーターはまるでグレイディの思いを見抜いていたかのように言った。

「とは言ってもね」わかってるよ、とは言ってもね。ピーターはため息まじりに同じ言葉を繰り返した。「僕が冗談を言っていると思ったんだろ。大学のことだけどさ。実は、退学させられたんだ。間違ったことを言ったからじゃなくて、多分、あまりにも正しいことを言ったせいだよ。どっちにしても、異議を唱えたものと受け取られたんだろう」ピーターにいつもの快活さが戻ってきて、茶目っ気たっぷりの表情に変わった。「きみがいてくれて嬉しいよ」どういう意味でそう言ったのか、グレイディにはわからなかったが、その言葉に温かみがあふれていたので、彼女は自分の頬をピーターの頬に押しあてた。「もし僕が、きみを愛していると言ったら、近親相姦になっちゃうんだよね、マクニール?」船じゅうに出航を知らせる銅鑼が鳴り響いた。雲にさえぎられて突然現われた陰の灰色がデッキに広がった。グレイディは一瞬、何とも奇妙な喪失感に襲われた。かわいそうに、ピーターはアップルよりも私のことを理解していないのだと彼女は気づいた。それでもピーターはただひとりの友達だったから、彼女は心の裡を彼に伝えたかった。今はそのときではないが、将来いつかは伝えたかった。そのとき、ピーターはどう言うだろうか?　相手がピーターだからこそ、グレイディはピーターが自分をもっと愛してくれるものと信じた。もし愛してくれなければ、波がふたりの砂の城をさらうにまかせよう。それは、世間との関わりを避けるために作ったあの砂の城のことではない。それならとうの昔になくなっていた。少なくともグレイディにとってはそうだった。彼女の念頭にあったのは、友情と約束を護ってくれるもうひとつの砂の城だった。

あふれんばかりの陽差しがさし込んできたとき、ピーターは立ち上がり、手を貸してグレイディを立たせて、こう言った。「さて、今夜はどこでお祭り騒ぎをしようか？」グレイディは彼とデートできないと説明しようとしかけたが、その質問に答えぬまま受け流した。というのも、ふたりがステップをおりていると、銅鑼の光沢を反射して真鍮色に染まった客室乗務員が彼らに警告の声をかけてきたし、その後、ルーシーのお別れのセレモニーに立ち合ったために、彼女はそのことをすっかり忘れてしまったからだ。

ハンカチを振ったり、娘たちを落ち着きなく抱き締めたりしながら、ルーシーはタラップのところまでふたりについていった。娘たちがキャンバスのトンネルをおりていくのを見とどけると、彼女はデッキへと急ぎ、緑色のフェンスの向こうに娘たちが姿を現わすのを待ち受けた。娘たちがひとかたまりになって当惑したような視線を向けているのに気づくと、彼女は自分の居場所を知らせるためにハンカチを振って合図を送った。しかし、なぜか、彼女の腕から力が抜け、何かが不完全で、何かをやりとげることができないままだという一抹の罪悪感に襲われて、彼女はその腕をだらりと下げた。ルーシーは胸に迫るものを感じてハンカチを目にあてた。グレイディの姿（ルーシーはグレイディを愛していた！　子を持つ母がみなそうであるように、神に誓って、ルーシーはグレイディを愛していた）が幻のようにぼんやりと霞んだ。打ちひしがれた日々、苦悩の日々はあった。しかし、ルーシー自身が頑固で情け容赦のない自分の母とは別人格だったように、グレイディもルーシーと異なってはいたが、それでもグレイディはまだ大人の女性ではなく、少女であり子供にすぎなかった。だからグレイディをひとり残しておくことは大間違いだった。グレイディをひとりにするわけにはいかなかった。自分の子供が未熟なまま、不完全なまま、放って旅立つことは彼女にはできなかった。急がなければならない。このまま出発するわけにはいかないと、急いでラモントに伝えなければならない。しかし、彼女が動き出す前に、ラモントは彼女の体に両腕を回していた。ラモントは眼下の子供たちに手を振っている。気づけば、ルーシーも手を振っていた。

第二章

ブロードウェイは目抜き通りである。近所であるうえ、雰囲気もよい。グレイディは十三歳の頃から、リズデイル先生の冬期の授業を何度もさぼって、毎週、密かにこの特別の空間を訪れた。最初はパラマウント劇場やストランド劇場で催されるバンド・ショーと、五番街から東にある映画館やスタンフォードだとかグリニッジの映画館では上映されない珍しい映画に興味を抱いたためだった。しかし、昨年はもっぱら大通りをぶらついたり、目の前を行きかう大勢の人びとを眺めながら街角にたたずんでいる方が好きだった。午後の間じゅう、そこで過ごすのが常だったが、日没までいることもあった。だが、この界隈が暗くなることはなかった。終日灯っている明かりは、夕暮れどきには黄色く光り、夜間は白く輝いた。そして当時のグレイディには、夢に取り憑かれた人びとの顔がこの上なく魅力的に見えた。無名の存在になれることもまた愉しみのひとつだったが、もはや自分がグレイディ・マクニールでなくなったときに、自分に代わる人物が誰なのかは彼女にはわからなかった。しかし、天高く立ち上る彼女の興奮の炎は、得体の知れない燃料で燃えさかった。グレイディはそれを誰にも話さなかった。真珠のような目をした、芳香を放つニグロたちにも、シルクのシャツや水兵シャツ姿の男たちにも、ごろつきや青白い歯の男たちにも、ラベンダー色のスーツを着た男たちにも、じっと見つめ、ほほ笑みかけ、「お嬢さん、どちらへお出かけ?」とあとをつけてくる男たちにも話さなかった。中には、ニック・ゲームセンターで両替をしていた女のように、身寄りのなさそうな顔や、緑色の目びさしの下で緑色に浮かび上がる影のような顔、キャラメルの甘いかおりの中を、死化粧を施されて漂う夕暮れどきの彫像のような顔もあった。急がねば。建物の入口からいくつものメガホンが狂ったように街路の閃光に向けて悲しげなリズムを鳴り響かせ、卒倒しそうな感覚をいっそう強めた。逃げ出さねば。この白の世界から、現実の、セックスともジャズとも無縁の、喜びに満ちあふれた夜の世界へと。理性を奪い去ってしまうこうした恐怖の感覚を、グレイディは誰にも話したことがなかった。

ブロードウェイからはずれた横町の、ロキシー劇場からそれほど離れていない場所に野外駐車場があった。人通りが少なく荒涼とした雰囲気のその区画には、ポップコーンの専門店と鼈甲店が並ぶ区画があるだけだった。駐車場の入口にはニモ・パーキングと記した看板があるだけだった。料金が高いうえ、とにかく不便だったが、その年の初めにマクニール家がニューヨークのアパートを一時閉鎖し、コネチカットの屋敷での暮らしを再開して以降、グレイディは車でニューヨークを訪れるときは、必ずその駐車場に車を預けた。

四月のある日、ひとりの青年がその駐車場で働き始めた。青年の名前はクライド・マンザーだった。

・
・
・

グレイディは駐車場に着く前からクライドを探し始めていた。午前中、暇なときには、彼は時どき近所をぶらついたり、近くの自販機コーナーで座ってコーヒーを飲んでいることがあった。しかし、彼の姿はどこにも見えなかったし、彼女が駐車場に着いたときにも、彼の姿はなかった。正午だった。砂利敷きの地面からはガソリンの激しい臭いが立ち上っていた。クライドが駐車場にいないのは明らかだったが、グレイディはもどかしげに彼の名前を呼びながら駐車場の端から端へと歩いていった。母ルーシーが旅立ってくれたことの安堵感や、クライドに会う日を待ち焦がれて過ごしてきた日々や、この日の午前中ずっとグレイディの気分を高揚させてきたさまざまな事柄が、一瞬にして彼女の足もとから崩れ落ちてしまったかのようだった。グレイディはついに断念し、心臓の鼓動のようにずきずきと照りつける日の光のもとに力なく立ちすくんだ。そのとき、彼女はクライドがたまに客の車の中で昼寝をすることを思い出した。

グレイディの車は、コネチカット州のナンバープレートに彼女のイニシャルを表示した青いコンバーチブルのビュイックで、車列のいちばん奥に停めてあった。彼女はそこから数台の車内を確認しているうちに、やがてクライドの姿が見つかるだろうと確信した。案の定、クライドは後部座席で眠っていた。その車の幌の部分は折りたたまれていたが、彼が目立たないように体を沈めていたので、グレイディはそれまで彼に気づかなかった。車のラジオからは、その日のニュースがかすかに流れていて、彼の膝の上には読みかけの探偵小説のページが開いたままだった。数ある魔法の中には、恋人の寝顔を見れるという魔法がある。誰の目も気にかける必要がなく、誰からも気づかれずに愛する男性の心を独り占めにできる甘い瞬間である。男性はこちらのなすがまま。理屈は不要だ。男性はこちらが思い描いてきたままの純粋で子供の優しさを備えた人に違いないと確信できる瞬間である。グレイディは腰をかがめてクライドを見おろした。彼女の髪が少し彼女の目の辺りに垂れた。視線の先の青年は二三歳ぐらいの、ハンサムではないが、かといって不器量でもない人物だった。実際、ニューヨークを歩いていると頻繁に出くわすような平凡な男性だった。日中は屋外で働いているせいで、彼には誰よりも過酷な風雨に耐え忍んできた苦労の跡が見て取れた。それでいて、彼にはしっかりと鍛え上げてきた体のしなやかさが備わっていて、細かくカールした彼の黒髪は、ペルシャ子羊のこざっぱりとした帽子のように、彼によく似合っていた。鼻の形はわずかに崩れていて、そのせいで田舎育ちの血色のよさと頭の回転のよさを感じさせる彼の顔には男らしさが際立っていた。彼の瞼がピクリと震え、グレイディは彼の心が自分の指からするりと抜け落ちるのを感じつつ、瞼が開くのだろうと緊張した。「クライド」グレイディはささやいた。

クライドはグレイディが知り合った最初の恋人ではなかった。二年前の十六歳の頃、初めて自分の車を手に入れたとき、彼女は住宅を探していたニューヨーク出身の物静かな若夫婦を乗せてコネチカットを運転して回ったことがあった。彼らがカントリークラブの敷地内の小さな湖に面している小さいながらも感じのよい家を見つけた頃までには、このボールトン夫妻はグレイディの魅力のとりこになり、グレイディの側も夫妻に夢中になった。グレイディは引っ越しの指揮をとり、岩石庭園をこしらえ、お手伝いさんを探してあげた。そして土曜日にはスティーブとゴルフをしたり、庭の芝刈りを手伝った。ブリンマー女子大を卒業したばかりの内気で無邪気でチャーミングなジャネット・ボールトンは、妊娠五ヶ月の身重だったため、骨の折れる雑事はあまりやりたがらなかった。弁護士のスティーブは、グレイディの父親と取り引きのある会社に所属していたので、ボールトン夫妻は何度もオールド・ツリーに招かれた。それはマクニール家の人びとが自分たちの土地にもったいぶってつけた名称だった。スティーブはその敷地内のプールとテニスコート、そしてもとはアップルのものだったが、マクニール氏がほぼ自分の思いどおりにスティーブに提供したも同然の家があった。ピーター・ベルは閉口した。グレイディの数名の友人たちも同様だった。というのも、グレイディはボールトン夫妻しか眼中になかったからだ。いや、グレイディからすれば、スティーブにしか関心がなかった。そしてふたりはいつも一緒に過ごしたが、それでも十分ではなく、グレイディは、時折、スティーブについて通勤電車で街に出かけ、夕方の帰りの電車の時刻まで、ブロードウェイで映画館をはしごして時間をつぶした。しかしグレイディの心が安まることはなかった。最初の頃感じていた喜びが、なぜ苦悩から、そして今では不幸へと変わってしまったのかが彼女にはわからなった。スティーブにはその理由がわかっていた。きっとわかっているに違いないとグレイディは確信していた。彼女が部屋の中を横切ったり、プールで彼の方に泳いで行くときに彼が彼女に向ける視線から、それが見て取れたし、それを彼は不快に感じている様子でもなかった。だからグレイディは、彼を愛する気持ちと同時に、多少の憎しみを抱いた。というのも、スティーブはすべてがわかっているのに、まったくグレイディを救おうとはしなかったからだ。そう気づいたとき、毎日が以前とは正反対になった。彼女は蟻を踏みつけたり、ホタルの羽根をもぎ取ったりと、自分と同じように無力なあらゆるものと自己嫌悪に対して怒りをぶつけているようだった。また彼女は超薄手の服を買って着るようになった。その極端な薄さのために、木の葉の影や風のそよぎですら、彼女の肌にひんやりと触れた。その一方で、彼女の食は細っていき、もっぱらコカコーラを飲み、タバコを吸い、車を運転するだけとなってしまい、彼女はずいぶんと精彩を欠き痩せてしまったために、薄手の服は風にはためいた。

スティーブ・ボールトンは、朝食前に家のそばの小さな湖で泳ぐ習慣があった。それを知ったグレイディはどうしてもそのことが脳裏から離れず、朝、目覚めると、つい、湖畔の葦の茂みの中に不思議な夜明けの黄金の鳥のようにたたずむスティーブの姿を思い描くのだった。ある朝、グレイディはそこに出かけてみた。湖畔には小さな松林があり、彼女は朝露に濡れた松の針葉の上に横たわって身を潜めた。湖上にはぼんやりと秋霞がかかっていた。もちろんスティーブが現われるかどうかはわからなかったが、グレイディはひたすら待ち続け、彼女が気づかないうちに夏が過ぎていった。ところがある日、松林の小道にスティーブが現われた。くつろいだ様子で口笛を吹き、片手にはタバコを、もう一方の手にはタオルを持っていた。彼はバスローブをまとっているだけだった。湖に近づくと、彼はバスローブをさっと脱いで岩の上に放った。それはまるで彼女の星がついに地上に落ちてきて、黒く変色するどころか、より青みを帯びて静かに燃えているかのようだった。半ば跪き、両腕を彼に向けて差し伸べる彼女の姿は、まるでおとぎ話の中の出来事であるかのように、水中を歩きながら大きくなっていく男性に触れて迎え入れようとしているかのように見えた。そしてその男性は、彼女の方へと近づいてくると、何の前ぶれもなく、アシの茂みの下へ深く沈んでいった。彼女は思わず声を上げ、後ずさりし、木に背中をぶつけた。彼女はその木が彼の愛の一部であり、彼の魅力の断片でもあるかのように、その木を抱き締めた。

ジャネット・ボールトンの赤ん坊は夏の終わりに生まれた。季節はキジが斑点模様をつける秋を迎え、間もなくマクニール家がオールド・ツリーを閉鎖し、市街地にある冬季の住居へ戻る時期となった。ジャネット・ボールトンは、かなり危険な状態だった。二度、流産しかけたが、彼女の助産師はダンスのコンテストか何かで優勝して以降、だんだんと無礼な態度を取るようになっていた。ほとんどの場合、助産師は姿を現わさなくなったため、グレイディがいなかったとしたら、ジャネットは途方に暮れていただろう。グレイディは訪ねてきては、ちょっとしたランチを準備したり、家の埃を急いで払ったりした。彼女にはいつも上機嫌で取り組む務めがひとつあった。彼女はスティーブの洗濯物を取り込んで、彼の服をハンガーにかけるのが好きだったのだ。赤ん坊が生まれた日、グレイディはジャネットが体を折り曲げて、悲鳴を上げている場面に出くわした。グレイディは、必要な場合には自分がジャネットに対してとても愛情深く接することができることを不思議に思った。ジャネットは、拾ってくれるかもしれない貝殻のように取るに足りない存在だったし、その完璧なまでのピンクの縁取りのために尊ばれはしても、コレクターが本気で宝物とみなすほどの存在ではなかった。取るに足りない存在であることが彼女の魅力であり、護られている理由でもあった。つまりジャネットの存在は、グレイディにとって不可能だったように、誰にとっても脅威の対象でもなければ、羨望の対象でもあり得なかった。しかし、玄関を入り、ジャネットの悲鳴が聞こえてきた日の朝、グレイディは満足感を覚え、意地悪をする意図はなかったが、少なくとも急いで助けに駆けつけようとはしなかった。それは、グレイディ自身が味わったすべての苦悩が、その瞬間、ジャネット・ボールトンの苦悶へとうまく置き換えられたかのようだった。ようやく必要な対応をする気になったとき、グレイディはそれを首尾よくやりとげた。彼女は医師に電話をかけ、ジャネットを病院に連れていき、それからニューヨークのスティーブに電話連絡を入れた。

スティーブは乗れる最初の電車でやってきた。ふたりは落ち着かない午後を病院でともに過ごした。夜になったが動きはない。それまで、どうにかグレイディと冗談をかわしたり、ハート遊びができていたスティーブは、部屋の片隅に引っ込んでしまい、沈黙がふたりを包んだ。電車の時刻や仕事や支払い待ちの請求書に追われてマンネリ化した絶望感が、疲れた埃のようにスティーブから立ち上っているようだった。そして彼は、そこに座ったまま、タバコの煙の輪を作った。それはグレイディが感じ始めていた無の空洞だった・・・まるで自分自身が湾曲し、スティーブのもとから宇宙空間へと遠ざかっていくようだったし、スティーブの湖でのイメージが彼女のもとから遠のいていき、今では現実の彼の姿が彼女には見えるようでもあった。それは彼女にとってこの上なく哀れな光景だった。グレイディには、疲れ果てて肩を落とし、目のふちに涙を浮かべたスティーブが、ジャネットと赤ん坊のものだと映った。グレイディは、恋人としてのスティーブではなく、妻の愛と子供の誕生の重みを感じてうなだれる男性としてのスティーブに自分の愛情を示したいと思い、彼に近寄った。看護師が戸口に現われた。スティーブは表情を変えることなく男の子誕生の知らせを聞いた。彼はゆっくりと立ち上がった。その目は盲人の目のように青白かった。部屋中に響きわたるため息をつくと、彼の頭はグレイディの肩に沈んだ。僕はとても幸せだ、と彼は言った。その瞬間、すべては終わった。グレイディにはスティーブに望むことはもう何もなかった。夏の欲望は地に落ち、冬の種と化した。風がその種を遠くへ吹き飛ばし、種は新しい年の四月に花を咲かせた。

「さあ、タバコに火をつけてくれ」クライド・マンザーの声は寝起きで不機嫌だったせいもあるが、いつもかなりしわがれ声でくぐもっていて、どことなく奇妙な響きがあった。何を話すにも、その声の余韻は聞く者の耳に残った。というのも、そのつぶやくような声の響きは、作動したままのエンジンスロットルのように低く抑えられてはいたが、ひと言ひと言から感情を表に出さない男っぽさが伝わってきた。しかしながら、口ごもることもあって、時折、センテンスの途中で言葉が途切れることがあったので、伝えたい意味が空中分解することがあった。「吸い口を濡らすなよ。いつもそうなんだから」その声はそれなりに魅力的ではあったが、誤解を招くこともあった。その声のせいで彼を馬鹿だと思う者もいたが、それは彼らが不注意だということを物語っていた。クライドは全然馬鹿ではなかった。実際に、彼がたぐいまれな才能の持ち主であることは明らかだった。四文字からなる卑猥な言葉に関する知識で、彼は立派な卒業証書を持っていた――どう逃げればよいか、どこに隠れたらよいか、どうすればただで地下鉄に乗ったり、映画を観たり、公衆電話が使えるか――こうした専門知識は、子供時代の都会での縄張り争いを経験したり、冷酷で抜け目のない者、機敏な者、勇敢な者だけが生き残れるような死に物狂いの午後を体験したことのある人間だけが身につけることができるものだった。そのお蔭で、クライドの目には頭の回転のよさをうかがわせる鋭さが表われていた。「おいおい、吸い口が濡れてるぞ。思ったとおりだ」

「私が吸うわ」とグレイディは言った。そして、ピーターが悪趣味だと考えたライターで、彼女はクライドのために新しいタバコに火をつけた。クライドが非番だったある月曜日、ふたりは、とある射的場に出かけたことがあり、クライドはそこで手に入れたライターをグレイディにプレゼントしていたのだった。それ以降、グレイディは自ら進んでみんなのタバコに火をつけるようになっていた。自分の秘密が消えかかった炎に姿を変え、その炎が秘密を知る自分自身と、やがてその秘密に気づくかもしれない誰かとの間で、無防備に踊るのを想像すると、グレイディはワクワクした。

「ありがとう」とクライドは言って、新しいタバコを受け取った。「いい子だ。今度は濡れてないね。気分が悪いだけなんだ。あんなふうに寝なきゃよかった。いくつか夢をみてしまったよ」

「夢に私が出ていたなら嬉しいわ」

「どんな夢だったか、忘れたよ」と彼は言って、ひげ剃りの必要があると思っているかのように顎をこすった。「ところで、見送れたかい？　ご両親のことだけど」

「見送ってきたばかりよ。アップルは家まで車に乗せて帰れって言うし、幼なじみがひょっこり現われたりで、ずいぶん困っちゃったわ。埠頭からまっすぐここにやってきたのよ」

「俺にも現われてほしい昔からの友達がいる」と彼は言うと、地面に唾を吐いた。「ミンクだ。お前、知ってるよな？　軍隊時代の友達だって、お前に話したよな。お前があんなふうに言うもんだから、昼からの仕事を引き継いでくれって、あいつに頼んだんだ。あいつは俺に二ドルの借りがあってさ。来てくれるならチャラにしてやっていいって言ったんだ。だからね」クライドの伸ばした手がグレイディの涼しそうなシルクのブラウスに触れた。「あいつが来なかったら」と言いながら、クライドは軽く押しつけるように、その手を彼女の胸にすべり込ませた。「俺はここから動けなくなっちゃうぜ」額の汗のひとしずくが彼の頬を伝わり落ちていく間、ふたりは黙ったまま見つめ合った。「会いたかったぜ」と彼は言った。客の車が駐車場に入ってきていなかったならば、彼はさらに言葉を続けていただろう。

ウエストチェスターからやってきた三人組のご婦人客だった。ランチとマチネーにやってきたのだ。グレイディは車の座席にすわり、クライドが客に応対している間、彼を待ち続けた。彼女はクライドの歩き方が好きだった。一歩一歩、時間をかけ、ものうげに一定の間隔をあける大股の奇妙な歩き方だ。それは背の高い男に特有の足の運び方だった。しかし、クライドは彼女とさほど背丈の差はなかった。駐車場の辺りでは、クライドはいつも夏用のカーキ色のズボンとフランネルのシャツか着古したセーターを着ていた。それは彼が特別に自慢していたスーツよりも見栄えがよかったし、彼にははるかに似合っていた。グレイディの夢に出てくるクライドは、大抵、青い極細縞のこのダブルのスーツを着ていた。グレイディには、それがなぜなのかがわからなかった。しかし、その点について言えば、クライドが出てくる夢は理不尽なものばかりだった。そうした夢の中のグレイディは、いつも傍観者だった。クライドは誰か他の女の子と一緒で、軽蔑するような笑みを浮かべたり、そっぽを向いてグレイディを無視したりしながら、彼女のそばを通り過ぎていった。グレイディの屈辱感は大きかったが、嫉妬心はそれ以上に大きく、彼女にはそれがなぜだかわからなかった。しかし、グレイディの苦悩に根拠がなかったわけではない。二、三度、彼女はクライドが車を勝手に使ったに違いないと思ったことがある。そして、一度、彼女はひと晩車を駐車場に停めたあと、クッションの間に小型の派手なコンパクトを見つけたことがあった。それは明らかにグレイディのものではなかった。だが、グレイディはこうしたことをクライドに話したことはなかった。彼女はそのコンパクトを保管し、決して話題にはしなかった。

「あんた、マンザーの彼女じゃないかい？」グレイディは、ラジオの音楽番組にダイヤルを合わせているところだった。彼女には人が近づいてくる気配が感じられなかったので、見上げると、男が車にもたれかかっているのに気づいてハッとした。男はグレイディをじろじろと眺めた。男の口は笑みで歪み気味だったので、金歯と銀歯が一本ずつのぞいていた。「あんたがマンザーの彼女か、って訊いたんだよ。あんたの写真は雑誌で見たよ。よく撮れてたな。俺の彼女のウィニフレッド（マンザーはあんたにウィニフレッドのことを話したかい？）は、あの写真がずいぶん気に入ってたぜ。あの写真を撮ったやつは、ウィニフレッドの写真も撮ってくれるかな？ もしそうなら、あの子は大喜びするぜ」グレイディは彼をチラリと見ただけだった。というより、彼を見るのはほぼ無理だった。というのも、ミンクは突然変異で雄牛のサイズに成長した脂肪が波打つ赤ん坊のようだったからだ。目は飛び出し、唇はだらりと垂れていた。「ミンクだよ」と彼は言って、タバコを一本取り出すと、グレイディのために火をつけてやった。彼女は、けたたましくクラクションを鳴らし始めた。

クライドは、どんなことでも急いだりはしなかった。ウエストチェスターからの客の車を駐車し終えると、彼は自分のペースでゆっくりと近づいてきた。「何だ、この騒動は？」彼は言った。

「この人がね、到着したの」

「で、俺が気づかなかったとでも思ったのか？ やあ、ミンク」クライドはグレイディから目をそらすと、粉のように白いミンクの顔に視線を向けた。グレイディは再びラジオのチューニングを始めた。彼女はクライドの発言にすぐに腹を立てることはめったになかった。クライドの癇癪がグレイディを動揺させるとすれば、それは彼の癇癪によってグレイディが彼に親近感を感じるからだった。つまり、クライドがグレイディに対してストレートにいらだちをぶつけるのは、彼らの親しさの証しだった。だが、グレイディは、「あんた、マンザーの彼女じゃないか？」と語りかけてくるようなこの雄牛の子供の前では、自分たちのどんな関係も気取《け》られたくないと思った。グレイディは、クライドが自分のことを彼の友人に話したり、雑誌に出た自分の写真を見せたりしている場面を想像したことがあった。それは問題ではなかった。そうしていけない理由などない。その一方で、彼女はクライドの友達がどんなたぐいの友達なのか想像してみたことはなかった。だが、傲慢な態度を取るには手遅れだったので、彼女は笑みを浮かべ、ミンクを受け入れようと努めてこう言った。「クライドは、あなたが来れなくなったんじゃないかと心配していたのよ。私たちのために都合をつけてくれて、本当にありがとう」

ミンクは、グレイディが彼の心の中にある明かりのスイッチを押したかのように、にっこりと笑った。それは見るに忍びない笑顔だった。なぜならば、彼の顔に新たに浮かんだ元気な表情から、彼女には自分がミンクを好ましく思っていないことを彼は察知し、それを問題だと捉えていることが見て取れたからである。「へぇー、そうかい。俺はマンザーをがっかりさせたりなんかしないぜ。もっと早く来れたんだが、ウィニフレッドが、ウィニフレッドのことは知っているよな、彼女が勤め先でストライキ中でさ。俺を職場に呼び出して、派手に文句を言わせようと（ごめん）」グレイディは、もどかしげにニモの小さな事務所兼掘っ立て小屋に視線を注いでいた。クライドは、服を着替えるためにそこに行っていたのだが、グレイディは早く彼に戻ってきてほしかった。ミンクとふたりっきりでいるのは居心地が悪かったし、一分前が一週間前に感じられるほど、クライドが恋しかったからだった。「素敵な車に乗ってるんだね。まったく。ウィニフレッドにはブルックリンで中古車を買い取る仕事をしている叔父さんがいるんだ。きっとあんたの車を高く買い取ってくれるよ。ねえ、いつか夜みんなでダブルデートしないかい。車でダンスに出かけようよ。どうだい？」

クライドが戻ってきたので、グレイディはその問いかけには答えずにすんだ。クライドは、皮のウインドブレーカーの下に真っ白なシャツを着て、ネクタイを締めていた。髪には分け目をつけようとしたあとが見て取れたし、靴はピカピカに磨かれていた。クライドは独特の目つきをし、両手を腰にあてて、グレイディの正面に立った。眩い陽差しのせいで、彼は顔をしかめた。しかし彼のその姿からは、「どうだい？」と尋ねているような雰囲気が伝わってきた。そしてグレイディは言った。「本当に素敵よ！」

第三章

セントラルパークの動物園に隣接するカフェテリアでランチをとるというのは、グレイディの発案だった。マクニール家のアパートは五番街にあり、動物園のほぼ向かい側に位置していたので、グレイディはずっと以前からうんざりしていたが、今日ばかりは外で食事をするという真新しい発想に刺激されて、それが愉快なアイデアに思えた。また、それはクライドにとっても斬新だった。というのも、彼はニューヨークの一部の地域については無知だったからだ。たとえば、クライドは、プラザホテルの辺りから北東に広がるエリアのことを知らなかった。このセントラルパークから東の世界は、当然ながら、グレイディがもっともよく知っているニューヨークだった。ブロードウェイを例外とすれば、彼女はその世界から外へ思い切って出かけることはあまりなかった。だからグレイディは、クライドからセントラルパークに動物園があるとは知らなかったと聞いたとき、冗談だと思った。少なくとも彼には動物園の記憶がなかった。こうした無知のせいで、彼の素性に関する全体的な謎は深まるばかりだった。彼女は彼の家族の人数と名前は知っていた。母親、働いているふたりの姉妹、幼い弟がいて、巡査部長だった父親は亡くなっていた。そしてグレイディは、クライドの家族が住んでいるエリアについても漠然とは知っていた。彼の家はブルックリンのどこかにあり、地下鉄で一時間以上かかる海の近くだった。また、度々耳にしていたので名前を覚えている彼の友達も何人かいた。

つい今しがた会ったばかりのミンク、バブルと呼ばれる男、ガンプという名前の男もいた。一度、彼女はそれらが本名なのかと尋ねたことがあったが、クライドは、もちろんだ、と答えた。

しかし、このような断片的な情報からグレイディが思い描いていた絵は、あまりにもお粗末だったので、もっとも地味な額縁にすら値しなかった。その絵は遠近感を欠き、細部を描く才能がほぼないことを示していた。その責任はもちろんクライドにあった。彼は会話があまりうまくなかった。また、クライドは好奇心が極めて乏しかった。グレイディは彼が何かを尋ねてくることがあまりなく、その無関心な様子に時どき不安を抱くことがあったので、自分の個人的な情報を惜しみなく彼に提供した。もちろん、いつも真実を話したわけではなかった。恋をしている人のうち、一体、どのくらいの人が真実を伝えているだろうか？　あるいは、真実を話すことができるだろうか？　しかし、少なくともグレイディは、クライドと知り合う前に自分がどのような暮らしを送ってきたかという話題については、ほぼ正確に彼に伝えた。にもかかわらず、グレイディは、クライドができれば彼女の告白など聞きたくはないと思っているかのような印象を受けた。彼は、自身が謎めいているように、彼女にも捉えどころのない存在であってほしいと考えているようだった。そのくせ、彼女は彼の秘密主義を正面切って非難することはできなかった。彼女が何を尋ねても、彼は答えてくれたからだ。にもかかわらず、彼をベネチアンブラインド越しに覗き込んでいるという印象は否めなかった（ふたりをつなぐ世界はまるで船のようだった。お互いがふたつの島で、その島の間で進めなくなった船のようだった。見ようとすれば、クライドにはグレイディの島の岸辺は見えたが、彼の島の岸辺は、垂れ込めたもやのせいで見えなかった）。グレイディは、かつて突飛なアイデアに突き動かされて、クライドが住んでいる家を見たり、彼が歩いている通りを歩けば、自分が望んでいるように彼のことを理解し、彼を知ることができるのではないかと考えて、地下鉄でブルックリンに出かけたことがあった。しかし、グレイディはそれ以前にブルックリンに行ったことがなかったし、幽霊が出そうなうらぶれた通りや、どれもこれも似たり寄ったりの平屋と人気《ひとけ》のない区画と静まり返った空き地が雑然と広がる低地に、あまりにもぞっとしたため、彼女は二〇歩ほど歩いたところで向きを変え、逃げ出すように地下鉄へと戻っていった。のちにグレイディは、その旅が初めからうまくいかないことがわかっていたことに気づいた。はっきりとした自覚はなかったにせよ、おそらくクライドは、ふたつの島を迂回し、孤立した船にとどまり続けるのが最善だと考えていたのだろう。しかし、彼らの航海にはいかなる寄港地もなかった。彼らがパラソルの日陰のもとで、カフェテリアのテラス席に座っているとき、グレイディはもう一度、陸地を取り戻さなければならないという思いに駆られた。

グレイディは、楽しい午後にしたいと思っていた。言わば、ふたりのためのお祝いの午後である。そして、実際、そのような午後だった。アザラシの芸は彼らを楽しませたし、ピーナッツは揚げたてで熱く、ビールは冷えていた。しかしクライドは、心底、くつろごうとはしなかった。こうしたデートのときにはエスコート役に徹しなければならないとでも考えているかのように、彼は緊張気味だった。ピーター・ベルならジョークのつもりで風船を買ってくれていただろう。クライドの場合は、あくまでも、慣わしどおりに風船を買ってくれたのだった。グレイディにとっては、それがあまりにも感動的であるのと同時にばかげてもいたので、彼女はしばらくの間、恥ずかしさのあまり彼を直視できなかった。彼女はランチの間じゅう、風船の紐をしっかりと握っていた。それはあたかも、自分の幸せが小刻みに上下に動き、紐をピンと引っ張っているかのようだった。しかし、ランチが終わる頃、クライドは言った。「あのさあ、もっと一緒にいたいんだけど、あることを思い出したんだ。それで、早めに帰んなくちゃならないんだ。そのことをうっかり忘れちゃってた。忘れていなけりゃ、前もって話しておいたんだが」

グレイディは冷静だったが、返事をする前に唇を噛んでみせた。「残念だわ」と彼女は言った。「とても残念だわ」それからカッとなって、彼女はストレートに言った。「そうね。前もって話しておいてもらうべきだったわ。そうすれば、わざわざ計画なんか立てなかったのに」

「どんな計画を立ててたんだい？」クライドはかすかに卑猥さが漂う笑みを浮べてそう言った。アザラシの芸を見て笑い声を上げたり、風船を買ってくれた青年の横顔が変わっていた。グレイディは、粗暴な様相をうかがわせるこの新たな横顔から身を守ることがまったくできなかった。その押しの強さは魅力的だったし、グレイディには為すすべもなかったので、彼女は彼に従わざるを得なかった。「今、アパートには誰もいないから、ふたりでアパートに行って夕食を作ろうかしらと思ってたの」グレイディがクライドに指し示したアパートの窓は、高層ビルほどの高さにあって、建物の中ほどまで並んでおり、カフェテリアのテラスからも見えた。しかし、そこを訪ねてみようという提案に、クライドは動揺したようだった。彼は髪をなでつけ、ネクタイの結び目をいっそう強く締め直した。

「何時に帰らなくちゃいけないの？　すぐではないんでしょう？」

クライドは頭を横に振ると、彼女がいちばん知りたかったこと、つまり、帰宅しなければならない理由をこう話した。「弟のことなんだ。弟はバル・ミツバーの儀式に臨むんだが、俺も立ち会う必要があるんだ」

「バル・ミツバーですって？　それって、ユダヤ人の儀式だと思っていたわ」

沈黙が顔の紅潮のようにクライドの顔に広がった。クライドは、一羽のハトが物おじもせずにテーブルのパンくずをつついているのには目もくれなかった。

「それって、たしかに、ユダヤ人の儀式よね？」

「俺、ユダヤ人なんだ。母さんがユダヤ人なんだ」と彼は言った。

グレイディは黙って座ったまま、蔓のようにからみついてくるクライドの発言の衝撃を受け入れるしかなかった。近くのテーブルの会話が水しぶきのように断続的に押し寄せるのを感じながら、グレイディは自分たちがいかなる岸辺からも遠く離れていることを知った。クライドがユダヤ人であることは、些細なことだった。それは、アップルならば問題視したかもしれない。とは言え、グレイディはこれまで相手が誰であろうと、その人がユダヤ人なのではと思ったことは一度もなかったし、クライドについてもまったくそのように考えたことはなかった。それでも、クライドが彼女に告げたときの声の調子から伝わってきたのは、彼女が気にするはずだという彼の思いだけではなく、クライドについて自分がいかに無知であるかということだった。彼女が思い描くクライドの絵は、拡大するどころか、縮小し、彼女はすべて初めからやり直さねばならないと感じた。「ところで」彼女はゆっくりと話し始めた。「私が気にしているって思われているのかしら？　実のところ、そんなことはないわ」

「気にしているってどういう意味だ？　一体、お前は自分を何様だと思ってるんだ？　余計なお世話だ。俺はお前にとって何でもない存在だ」

革紐につないだシャム猫を連れた老婦人が体をこわばらせて、ふたりのやりとりに耳を傾けていた。その老婦人がいたために、グレイディは言葉を控えた。風船はいくぶんしぼんでいた。丸い表面には皺が寄り始めていた。グレイディは、いまだに風船の紐を握ったまま、テーブルを押し返し、テラスの階段を駆けおりて小道に出た。クライドは数分後に彼女に追いついた。そのときまでには、彼女をいらだたせ、立ち去らせた怒りは消えていた。しかし、クライドは彼女が脱走をもくろんでいるとでも思っているかのように、彼女の両腕をつかんでいた。

木洩れ日が蝶のように軽く揺れた。彼らの後ろのベンチには、ネジ巻き式のヴィクトローラを膝の上にバランスよく載せている男の子が座っていて、そのヴィクトローラからはクラリネットのソロの曲が震えるように空中に立ち上った。「クライド、あなたは私にとって大切な存在よ。それ以上だわ。でも私たちの話題って、いつも食い違っているでしょ。だから私たちの関係が何なのか私にはわからないの」彼女はそこで黙り込んだ。彼の視線に圧力を感じて、言いたいことを表現することができなかったのだ。恋人同士としてのふたりが目ざすものが何であるにせよ、その意味がわかっているのはクライドだけだった。「そのとおりだな」と彼は言った。「何でも、お前の言うとおりだ」

それからクライドは、グレイディにもうひとつ風船を買ってやった。もとの風船は、リンゴのようにしぼんでいた。この新しい風船ははるかに派手だった。白い猫をかたどっていて、目と頬ひげは紫色に塗られていた。グレイディは大喜びした。「ライオンに見せに行きましょうよ」

動物園のネコ科の区画は不快な臭いがする。そこには眠気が漂い、生気が感じられない息と枯れた欲望で汚れている。檻の中でだらしなく横たわる雌ライオンは、隠れた名声を持つ映画の中の女王さながら、愁いに沈んだ喜劇の一場面のようだ。雌ライオンのつがいで、体が大きく、見た目にこっけいな雄ライオンは、まるで遠近両用めがねを使うことができるかのように観客に向かってまばたきをしている。なぜか、ヒョウは苦しんでいる様子を見せてはいない。パンサーもそうだ。その威張ったような歩き方からは、いのちの鼓動がはっきりと伝わってくる。というのも、檻の中に入れられているという屈辱的な状況にあってすら、そのアジア的な目が放つ脅威は霞んではいない。花模様に似た黄金色と赤褐色の目は、檻の薄暗がりの中で、殺気だった欲望を表わして輝いている。餌の時間になると、ネコ科の区画は動物たちの声が轟きわたるジャングルと化す。檻の間を血に染まった手で通り過ぎる飼育係が、時折、歩みをゆるめると、檻の中の獣たちは先に餌をもらった仲間たちに嫉妬し、上方から鋭い鳴き声を発し、物欲しそうな吠え声を上げながら、鋼《はがね》の檻をガタガタ鳴らす。

子供たちのグループが、クライドとグレイディとの間に割り込んできて、獣の騒動が始まると、小突き合ったり、金切り声を上げたりした。しかし、獣たちの騒動が次第に大きくなると、子供たちは徐々に静かになり、身を寄せ合った。グレイディは子供たちを押し分けて進もうとした。その途中で彼女は風船をなくしてしまった。すると、無口で邪悪な目つきの幼い女の子が風船をひっつかんで、その場を立ち去った。略奪者は、ほぼ気づかれないうちに犯行をなしとげた。というのも、下腹部から突き上げてくるような動物たちのうなり声に圧倒されてしまったために、グレイディはクライドに追いつくことしか考えていなかったからだ。そして風が吹く前に花びらが閉じてしまうように、あるいは、一輪の花がヒョウの足に踏まれて曲がってしまうように、彼女はクライドの力に身をまかせた。言葉はいらなかった。震える彼女の手がすべてを伝えていた。そしてその震えに応えるかのように、クライドの手も震えた。

マクニール家のアパートは、まるで大雪が降ったかのように、広く整然としたどの部屋も静まり返り、霜のように白い埃が家具を覆っていた。ベルベットの織物、針編みレース、上等の浅い大皿、壊れやすい金箔の装飾品。これらすべてが、夏の間の埃をさえぎるための覆いに守られて、幽霊のように白かった。この雪のように白く広がる掛け布の薄暗がりのどこか遠くから、電話が鳴る音が聞こえてきた。

グレイディがアパートに入ったときにも電話は鳴っていた。彼女は電話に出る前に、一方の端で誰かが何かを話していても、もう一方の端にいる人にはその声が聞こえないほど贅沢な作りのホールへと、クライドを導いていった。彼女の部屋のドアは、多くのドアが並ぶいちばん奥にあった。それは、アパートを閉じたときに、家政婦が、唯一、冬のままの状態にしておいてもらっていた。そこは、もともとアップルの部屋だったが、彼女の結婚後、グレイディが譲った部屋だった。グレイディはアップルの凝った装飾の痕跡をなくしてしまおうとしたが、その名残は多分に残ったままだった。むかつくほど小さな香水の瓶を入れたキャビネット、ベッドの大きさほどもある脚載せ台《ハソック》、雲ほども大きなベッドがそうだった。しかし、グレイディは、とにかくその部屋がほしかった。公園を見渡せるバルコニーに続くフレンチドアがあったからだ。

クライドはドアのそばでぐずぐずした。彼は、そもそもそこに来たくはなかった。訪問するにふさわしい服を着ていないとも話していた。鳴り続ける電話が、いっそう彼のためらいを強めた。グレイディは、彼を脚載せ台に座らせた。部屋の中央にはレコードプレーヤーと沢山のレコードがあった。ひとりのとき、グレイディは、時折、大の字に寝そべって、どんな風変りな思いにもぴったりと合うゆったりとした曲をかけた。「レコードをかけてね」とグレイディは言うと、どうして鳴り止まないのかしら、とこぼしながら、電話に出ることにした。ピーター・ベルからだった。ディナー？　もちろん、覚えているわ。でも、そこはいや。お願いだから、プラザホテルはよしてちょうだい。だめ、中華料理も嫌だわ。いいえ、本当よ。私ひとりよ。なんで陽気なの、って？　レコードをかけているからよ。ええ、ビリー・ホリデーよ。わかったわ。ポムスフレね。じゃあ、七時ちょうどにね。受話器を置いたとき、グレイディはクライドが誰からかかってきたのかと尋ねてくれればと願った。

そのとおりにはならなかった。それでグレイディは自分から言った。「素敵だと思わない？ひとりで食事しなくてすみそうだわ。ピーター・ベルが私をディナーに連れていってくれるんだって」

「へえ」クライドはレコードを一枚一枚吟味し続けていた。「なあ、『レッド・リバー・ヴァレー』はないのか？」

「そんなタイトル、聞いたことないわ」とグレイディは元気よく答えると、フレンチドアを開け放った。クライドは少なくともピーター・ベルが誰か訊いてくれてもよさそうなものだった。バルコニーから見える街の上空には、建物の尖塔やペナントが、濃い午後の溶液の中で揺れているのが見えた。もっとも、そのときですら、空は徐々に昼間の力を失いかけ、やがて夕暮れどきを迎えようとしていたのではあるが。もしかしたら、クライドは日暮れ前に帰ってしまうかもしれない。そう考えると、グレイディは期待と焦りを感じて部屋の中に戻った。

クライドは脚載せ台からベッドに移動していた。彼はベッドの縁に座っていたが、ベッドが彼の周りに大きく広がっていたので、彼は哀れにも小さく見えた。また、誰かが部屋に入ってきて、そこにいる筋合いではない彼を捕まえでもするかのように不安な様子でもあった。あたかもグレイディに身を護ってもらうかのように、クライドは彼女に両腕を回し、彼女をベッドの自分のそばに、転がすように寝かせた。「俺たちがずっと待ち望んでいたことだよな」と彼は言った。「ベッドの中がいちばんにきまってるぜ」ベッドには青いカバーがかかっており、グレイディの前に底なしの空のような青が広がっていた。しかしそのベッドは、グレイディには見覚えがないと断言できるほど、まったく見慣れぬものだった。不思議な光の湖がそのシルクの表面を小さく波立たせていて、詰め物をした枕は、未調査の地域にそびえ立つ山脈のようだった。彼女は車中でも、ふたりでハドソン川を渡ってパリセーズ断崖に向かう途中の樹木の生い茂るエリアでも、恐怖を感じたことは一度もなかった。しかし、湖と空と山脈のせいで、目の前のベッドがあまりにも印象的かつ厳粛だったために、彼女はおびえてしまった。

「寒いのか？」クライドは訊いた。グレイディは激しく彼に抵抗した。彼女は純粋な気持ちでクライドと結ばれたかった。「悪寒がするの。大したことはないわ」そう言うと、グレイディはクライドから少し体を離した。「愛してるって言ってちょうだい」

「もう言ったよ」

「いいえ、まさか。言ってないわ。私、耳を凝らしていたもの。なのに、あなたは言ってくれなかったわ」

「そうだな。時間をくれ」

「お願い」

クライドは起き直って部屋の向こう側の掛け時計を見た。五時過ぎだった。それから意を決したように、彼はウインドブレーカーを脱ぎ捨てて、靴ひもをほどき始めた。

「帰るんじゃないの、クライド？」

彼はニヤリと彼女に笑顔を返した。「うん、ヤルさ」

「そんなこと訊いたんじゃないわ。それに、そんな言い方は嫌い。まるで、売春婦と話しているみたい」

「ばかなこと言うな。愛について語らせるために俺をここに連れてきたんじゃないはずだ」

「うんざりだわ」と彼女は言った。

「この娘の言うとおりだ！　腹を立てちゃってるぜ」

沈黙が続き、それは傷を負った鳥のように飛び回った。クライドは「俺をぶん殴りたいんだろ？　腹を立てているときのお前、ちょっぴり好きだぜ。お前にはそんなところがあるよな」と言った。そう言われたことでグレイディは、クライドが彼女を抱き上げてキスをしたとき、晴れやかな気持ちになった。「愛してるって、今も言ってほしいんだろ？」彼女は彼の肩に頭を沈めた。「言ってあげるからさ」クライドは指でグレイディの髪をもてあそびながら言った。「服、脱げよ。そしたら、たっぷり言ってあげるぜ」

化粧室には三面鏡のついたテーブルがあった。ブレスレットの留め金をはずしていたグレイディは、別室にいるクライドのすべての動作を鏡の中に見ることができた。彼は素早く服を脱ぎ、脱いだ場所に服を放ったままにした。パンツ一枚になると、彼はタバコに火をつけ、背伸びをした。夕陽が彼の体に反射していた。それから彼はグレイディにほほ笑みかけながら、パンツを脱いで戸口に立った。「これのことか？　俺がお前をうんざりさせるっていうのは？」

彼女はゆっくりと頭を振った。そして「もちろん違うよな」と彼が言ったとき、彼女の倒れた椅子の振動で揺れた鏡が、薄暗がりの中に眩い光の矢を放った。

夜中の十二時を過ぎていた。ピーターは、ルンバのバンドのリズム音よりも大きな声でバーテンダーにスコッチのおかわりを注文した。彼は、ダンスを踊る客たちが何ら特徴のないひとつの塊に見えてしまうほど狭くて混み合ったダンスフロアを見渡しながら、グレイディは戻ってくるのだろうかと思った。三〇分前に、彼女は、おそらく化粧室に行くために席を立っていた。しかし、彼はふと、多分彼女は帰ってしまったのだろうという気がした。だが、もしそうならばなぜだろう？　単に、恋愛の素晴らしさについて彼女が捉えどころのない話をしたときに、彼が賛同しなかったからだろうか？　グレイディはむしろピーターに感謝すべきだった。彼は言いたいことのいくつかを彼女に伝えるのを控えていたからだ。彼女は恋をしていた。それがどうだというのだ。彼は彼女のことを信じていた。だが、信じなければならないという思いに、彼はいらだちを感じた。それはさておき、彼女は誰かと結婚するつもりなのだろうか？

この疑問については、彼はあえて彼女にぶつけなかった。その可能性を考えると、彼は耐えられなかった。自分がこのような受け止め方をしてしまったせいで、ピーターはなかなか酔いが回らず、マティーニに続いてスコッチを何杯もおかわりした。それでも悲惨なほどしらふだった。ここ五時間ほどの間に、ピーターはグレイディ・マクニールを愛していると実感していた。

ピーターには、その証拠となるものが身近にあったにもかかわらず、すでにこの結論に辿り着いていなかったことが不思議だった。砂の城を覆う雲や血の誓いのように深く結ばれた友情は、いつのまにかぼんやりとしたものに変わってしまったが、それでもふたりの間には、もっと激しい何かの証しが、コップの底の沈殿物のように常に存在していた。結局のところ、ピーターが他の女の子と比較する対象はグレイディだったし、彼に触れ、彼を楽しませ、理解してくれるのはグレイディだった。彼女は彼が男性として認められるよう、何度も彼の役に立ってくれた。それだけではない。ピーターはグレイディのある面については自分の指導のお蔭だと感じていた。彼女の優雅さと審美眼がそうだった。だが、彼女に生来備わっている意志の強さは彼の指導のたまものではなかった。それが彼自身の意志の強さをはるかに上回っていることを、彼は知っていた。実のところ、ピーターが恐れていたのは彼女のこの意志の強さだった。彼はある程度までは彼女に影響を及ぼすことができたが、彼の影響力の限度を越えると、彼女はまさに自分の思いどおりに行動した。彼には、実際、提供できるものなど何もないのは明らかだった。彼が彼女と肉体関係に発展しない可能性は考えられたし、仮にそのような場面が訪れたとしても、一緒に遊んでいる友達同士のように、笑いころげるか、泣き崩れるかのどちらかであろう。ふたりの間の熱情は注目に値するほどだったが、滑稽ですらあった。ピーターにはそれがわかっていた（もっとも、彼はそれを直視しようとはしなかったが）。そして一瞬、彼はグレイディを軽蔑した。

しかし、ちょうどそのとき、グレイディがエントランスのロープをすり抜けながら、ピーターに合図を送った。彼は人目を引く上流社会の女性たちをもしのぐ美しさを備えたグレイディは何とかわいいのだろうと特別な思いを抱いて彼女のそばへと急いだ。四方八方へ揺れる彼女の髪はさび色の菊の花のようで、その花びらが彼女の額にゆるりと垂れていた。そして彼女の目は化粧をしていないほっそりとした顔に見事にフィットしていて、ウィットや若々しさなど、あらゆる魅力を映し出していた。グレイディに化粧をしない方がいいと勧めたのはピーターだった。また、彼女には黒と白の服がいちばんよく似合うというのも彼のアドバイスだった。それは彼女自身の肌の色がとても独特だったので、より明るい色の柄とは合わなかったからだ。だから、彼女がドミノ・ブラウスと床まで垂れる黒いスカートを身につけていたので、彼は満足だった。ピーターが彼女のあとについてテーブルへ戻るとき、そのスカートは音楽に合わせるように揺れた。その途中で、彼はグレイディがどのくらい注目を集めているのかを、目立たぬように見積もった。

人びとは、大抵、グレイディに注目した。ある者には、彼女がパーティの場面で紹介してもらいたいと思うような魅力的な乙女だった。またある者は、彼女が社会的に影響力のある人物の娘、グレイディ・マクニールだと知っていたからである。そして、別の理由で彼女に注目した者も、わずかながらいた。彼らはオーラのごとく自由奔放さと特権階級の魅力を放つ彼女に、何か起こりそうな気配を感じ取ったのだった。

「先週、僕は誰に会ったと思う？　ボストンのロック・オーバーズでのことだけど」ふたりが白いセロファンの木の下の席に座ったとき、彼はそう言った。「マクニール、ロック・オーバーズを覚えているよね？　一度、きみをディナーに連れて行ってあげたレストランだよ。裏通りにバンジョーを持って真鍮の鈴がついた帽子をかぶった男がいて、きみが気に入ったあのレストランだよ。とにかく、そこで僕らの友達だったスティーブ・ボールトンに偶然出会ったんだ」ピーターはスティーブとの出会いをその場で思い出したわけではなかった。むしろ、彼はあらかじめその出来事を選んで用意していたのだ。スティーブに対する以前の愛情が、最終的にはどのような結末を迎えたのかということを、ピーターはグレイディに思い起こさせることで、今にして思えば、現在進行中の彼女の恋愛にもメリットがないのだと彼女に気づかせたかったためだ。もっとも、ピーターは、スティーブ・ボールトンに対して彼女が抱いていた気持ちについて、単に疑っていただけではあったのだが。「一緒に、お酒飲んだよ」

グレイディは言った。「スティーブですって？　まあ。もう何年も彼に会っていないわ。それとも勘違いかしら？　そうだわ、まだ何年もたってはいないわ。ところで、スティーブはボストンで何をやっていたの？」グレイディのこの口ぶりには彼女の関心の性質がはっきりと表われていた。スティーブを愛していたという彼女の思いは、ピーターの想像に反して、少しも彼女を当惑させなかった。そのうえ、彼女はスティーブを愛したことを恥ずかしく思ってもいなかった。しかし、彼女はもう何ヶ月もスティーブのことを考えたことはなかったし、その年の夏にブレイクした曲と同じように、彼女には彼が遠い昔の存在に思えた。

「ボストンで何か事業にでも携わっているんだろう。それか、同窓会かもしれないね。スティーブって、そんな会合に興味を持つタイプの男だからね。僕は彼のことをまったく好きにはなれなかったなあ。今にして思えば、たいして理由は思いあたらないけどね。かなり疲れている様子だったよ。まったくスティーブらしくなかった。きみに会ったら、宜しく伝えてって言ってたよ」

「それで、ジャネットは？　ジャネットと赤ちゃんはどうしてるって？」

スティーブ・ボールトンという名前を聞いてもグレイディがまったく動じなかったので、ピーターはその話題に興味をなくした。一方、グレイディはピーターが答えるのを待ちながら、自分が心からジャネットに関心を寄せていることに気づいた。スティーブの場合とは違って、ジャネットは望遠鏡の向こう側に小さく映る存在ではなく、今もなおグレイディを罰するかのように、目の前にくっきりと浮かんでくる存在だった。そしてグレイディは、自分がジャネットの苦痛を長引かせてしまった日の朝のことを（以前はまったく感じたことのなかった自責の念をもって）思い出した。「それとも、スティーブはジャネットたちのことには触れなかったの？」

「もちろん、話してくれたよ。元気だって。ひとり増えたんだが、今度は女の子だったそうだ。もちろん、写真を見せてくれたよ。まったくもって、人はなぜ赤ちゃんの写真を見せたがるんだろう？　どれもこれもセンチメンタルな子供のスナップショットばかり！　たまったもんじゃない。きみには子供なんか持ってほしくないよ」

「まあ、どうして？　私は〇脚の赤ちゃんがほしいわ。お風呂に入れてあげたり、日の光のもとで、高い高いをしてあげるの」

ピーターは話の糸口を得て、それを利用した。「○脚の赤ちゃんだって？　ねえ、彼はそれをどう思うだろう？」

「誰のこと？」とグレイディは訊いた。

「ごめん、僕はその紳士の名前を知らないんだ」と彼はここぞとばかりに言った。「あえて言えば、お相手はかなりの有名人で（おいおい、僕に教えないのもそのせいじゃないのかい？）、ある種のインテリで、少なくとも二〇歳は年上だよね。豊かな感受性を持つ神経過敏の女の子って、きまってお父さんタイプの男性に惹かれちゃうもんね」

グレイディは声を立てて笑った。もっとも、笑ってしまったことで、グレイディは自らピーターが彼女の立場を漫画のように表現することを認めてしまったのだとあとになって気づいたのではあるが。しかし、グレイディはこの程度の自由なら、彼に与えてもかまわないとも思った。それは、説明するのは難しいが、その晩、彼が彼女のためにしてくれたサービスへのささやかな報酬だった。今ではピーターがクライド・マンザーの存在に気づいてくれているということ自体が、グレイディにはありがたかった。そのお蔭で、彼女はクライドが人間のサイズにまで縮小し、彼を身近に感じることができたのだ。これまで長い間、彼女はクライドを曖昧で秘密に包まれた存在にしてきたために、ぼんやりとではあれ、クライドは実際よりも大きな存在になっていた。第三者にクライドの存在に気づいてもらうことで、謎めいた部分の多くが徐々に小さくなっていき、クライドが見えなくなってしまうのではないかという彼女の不安も薄らいでいった。こうしてクライドはついに実体を備えた存在となり、彼女の頭の中だけのものではなくなり、グレイディは精神的にも、うっとりと彼の実体を受け入れるべく、彼の方へ気持ちを向けることができた。

ピーターは得意がっていた。「わざわざ答えなくていいよ。でも、僕の想像はあたってるかい?」

「答えないわ。もし答えたら、あなたの推測を聞けなくなっちゃうもの」

「本当に僕の推測を聞きたいの?」

「いいえ、実のところ、聞きたくないわ」と彼女は言った。彼女は実際には聞きたかった。ピーターの推測を聞いていると、自分がまだ秘密を持っているという興奮を取り戻すことができたからである。

「ねえ、ひとつ教えてよ」ピーターはマドラーで手の平を突きながら言った。「その人と結婚するつもりかい?」

グレイディはピーターの質問に何らかの意図があるのを感じた。そして、彼のひやかしに調子を合わせるように、当惑してみせた。「わからないわ」と彼女は怒ったような声の調子で答えた。「人って、必ず結婚しなくちゃならないの？　結婚なんてほとんど問題にならないような種類の愛もあるはずだわ」

「うん。でも恋愛と結婚は、ほとんどの女性にとって、紛れもなく同義語じゃないの？　間違いなく、結婚を前提にしないのに、セックスだけを期待するような男はほとんどいないよ。恋愛が単にセックスだけの問題ならば、女性はみな両脚を広げるはずだよ。ねえ、冗談は抜きにして、どうなんだい？」

「冗談で答えたんじゃないわ。じゃあ（冗談を抜きにして尋ねていないのは、あなたの方よ）、答えようがないわ。結婚なんて考えたことがないのに、どうして私に答えられる？　私たち、ダンスをするためにここに来たのよね。踊りましょうよ」

テーブルに戻ってきたふたりを待ち受けていたのは、無関心で不愛想なカメラマンとバンブー・クラブ誌のエージェントの図々しくむっつりとした男だった。宝石が輝くエージェントの手は、華やかな小道具をテーブルに並べながらせわしなく動いていた。シャンパンが入ったバケツ、花を活けた花瓶、クラブの名前が写真映えするように派手にプリントされたやけに大きな灰皿が並べられた。「そのとおりです、ミス・マクニール。写真を一枚だけお願いできますか？　さあさあ、カメラを睨みつけないで。そうそう。お互いに見つめ合ってください。美しい。実に美しい。最高にキュートですよ！　アーティ、素敵な写真を撮るんだぞ。若者の恋心を写真に収めること、それがお前の仕事なんだ。えーと、ミス・マクニール、私にお任せくださいよろしいですか、こちらのお兄さんも私の言うとおりだとおっしゃるはずだ！　そうですよね、お兄さん？　ところで、お兄さんはどなたでいらっしゃいますか？　ちょっとお待ちください。漏れなくメモしたいので。随分とお年を召された方か、もうお亡くなりになられた方か、有名人か誰か、そう、ウォルト・ホイットマンのご親族なのでは？　ああ、なるほど、ウォルト・ホイットマン二世でいらっしゃいますね。いや、お孫さんなのですね？　それは素晴らしい。ありがとうございました、ミス・マクニール、ミスター・ホイットマン。おふたりとも美しい。実に美しい」エージェントの男は、花とシャンパンと灰皿を忘れずに回収した。

ピーターのウィスキーへの出費は、ついに報われるときがきた。つまり、彼のユーモアのセンスは分別を失うほどの域に達していた。しかも彼は、さらにその先にまで突き進んでいこうと心に決めた。不運にも、ある人物がその機会を与えることになった。それは白髪まじりの小柄で内気な男だった。男は、ブランデーをちびりちびりすすって頬をピンクストロベリー色に染めた連れの女にそそのかされて、隣のテーブルから体の向きを変え、ピーターの腕を控えめにつついた。「失礼ですが」と男は言った。「あなた方は英国の王族でいらっしゃいますか？写真撮影に応じておられたので、私の連れがそうだと言うものですから」

「違います」とピーターは我慢強くほほ笑みながら言った。「アメリカの王族です」

グレイディはクライドを連れて店を出てほしいと求められた。もう一分たりとも居続けようものなら、喧嘩が起こりそうだったからだ。ピーターはまさにそれを望んでいたので、店を出たくはなかった。少なくとも恥をかいてしまいかねないね。彼はそう言うと、グレイディをダンスフロアまで連れていった。しかし、そこで彼は動けなくなり、踊ろうと言い張って、オーケストラにお気に入りの曲『ジャスト・ワン・オブ・ゾーズ・シングズ』を演奏させた。グレイディは、耳元で歌わないで、とピーターに注意した。〈夢のような月へひとっ飛び〉それからしばらくすると、彼女もピーターに合わせて歌った。深紅の星が止むことなく円形の天井に明滅した。そしてグレイディは、その星明かりを全身に浴びて目がくらみ、隠れ家のようなこの空の中を漂った。足もとのはるか奥底から彼女の耳に声が聞こえてきた。聞こえるかい？きみが王族だと僕が言うのを？　グレイディは、夢心地でそれがピーターの声にそっくりだと思いながらも、クライドの声だと想像した。そして彼女の髪は空中で弧を描いて、勝利の舞いのように揺れた。音楽がいっせいに遠ざかっていき、星明かりが暗くなるまでふたりは踊り続けた。

第四章

「門番からこれ預かってきたぞ」とクライドは言った。あれからほぼ一週間がたっていた。彼は二通の電報を差し出した。だが、グレイディはキッチンの蛇口を回して、ワッフルのバターで汚れた手を洗うまでそれを受け取らなかった。「あの男、ぶん殴ってやりたいぜ。天然バカだ！　俺を見るときのあいつの面《つら》をお前に見せてやりたいぐらいだ。おまけにあのエレベーターボーイときたら、ホモっけがあるぜ。おしゃぶりか何かを渡しといてやるか」グレイディは同じ愚痴を以前にも聞いたことがあったので、わざわざそれには答えず、こう言った。「ねえ、バターはどこ？　私が頼んでいたシロップは買えた？」グレイディはとても遅い朝食の支度をしていた。ふたりが起きたときは十一時を過ぎていた。ここ数日間、駐車場は閉まっていた。所有者が営業許可書のことでもめていたのだ。前日、ふたりはミンクと彼のガールフレンドと四人でキャッツキルへピクニックに出かけていた。その帰りにタイヤがパンクし、彼らがジョージ・ワシントン・ブリッジを渡ったときには午前二時を過ぎていた。「そのシロップはなかったから、ログ・キャビンを買ったが、よかったかい？」彼はそう言って、ワッフルメーカーのそばでくつろぎ、持ち帰ってきていたタブロイド紙を広げた。新聞を読むとき、クライドの眉は学者の眉のように、下に傾いた（そしてモグモグと音を立てながら、彼は次々と指の爪を噛んだ）。「日曜日は一九〇〇年以降で、いちばん暑い七月六日だったと出てるぜ。

コニーアイランドは百万人以上の人出だったそうだ。どう思う?」グレイディはみんなで虫と格闘したり、塩なしのゆで卵を食べたりしながらうろつき回った石ころだらけの焼けつく野原を思い出していたので、そんなことなど関心はなかった。彼女は手を拭き終えると、座って電報を開けた。

実のところ、一通はルーシーがパリから打った二ページにわたる派手な飾りの海外電報だった。ブジ トウチャク。チチ ディナースーツヲ ワスレ ヨルハ キャビンデ スゴスコトヲ メイジラレ ヒサンナ フナタビ。コウクウビンデ シキュウ スーツオクレ。ワタシノヘアピースモ。デンキハ ケスコト。ベッドデ タバコヲ スウナ。アナタノ ドレスノコトデ アス ヒトニアウ。サンプルオクル。ゲンキニ スゴシテル? アナタノ シチガツトハチガツノ ウンセイヲ テガミデシラセルヨウ ヘルミオネ・ベンスーザンニ ツタエテ。アナタノコトガ シンパイ。ハハヨリ。グレイディはぶつぶつ言いながら、その電報をくしゃくしゃにした。ルーシーは本気で再びグレイディをヘルミオネ・ベンスーザンにのめり込ませようとしているのだろうか? ベンスーザンとは、ルーシーがはまっている占星術師だった。

「おい、ワッフル、急いでくれ。ラジオの野球中継が始まるんだ」

「ラジオなら戸棚の中よ」とグレイディは言い、二通目の電報の奇妙なメッセージを見つめた。「聴きたいんなら、自分でつけて」

クライドはグレイディの手に優しく触れた。「どうした？　悪い知らせか？」

「いや、違うわ」と彼女は答えて、笑った。「ずいぶん、愚かな内容よ」そう言うと、彼女は声に出して読んだ。「僕の夜の鏡は、きみが神《デバイン》のようだと言う。そして僕の昼の鏡は、きみが僕《マイン》のものだと言う」

「誰からだ？」

「ウォルト・ホイットマン二世からよ」

クライドはラジオをいじっていた。「そいつのこと知らないのか？」彼は選局の合間でそう訊いた。

「ある程度知ってるわ」

「冗談好きなやつか変人に違いない」

「多少ね」とグレイディはそう思いながら言った。かつて海軍時代、船がどこか極東の港に寄港したとき、ピーターはグレイディにアヘンのパイプとシルクのキモノ十五着を送ったことがあった。そのうちの一着を残して、彼女は残りをすべてチャリティーオークションに提供した。しかしその寛大な行為は、シンプルなデザインがだまし絵になっていることがわかって裏目に出てしまった。一定の光にかざしてみると、極めて卑猥な絵柄が浮かび上がったのだ。その後の騒動のど真ん中に巻き込まれてしまったマクニール氏は、ばかげた騒ぎだ、キモノの価値が上がるのは間違いない、と言って、グレイディがそれを着るのに反対しなかった。実際、グレイディは今それを着ていた。もっとも、袖口がやっかいで、ワッフルバターを泡立たせようとして立っていると、袖口がボールの中に垂れてきがちだった。

グレイディは、朝食の支度の不手際を認めようとはしなかった。すでに縮んでしまったベーコンと冷めきったコーヒーにも動じることなく、彼女は油をひき忘れたグリルにワッフルの生地を流し込んで、こう言った。「私、料理大好き。我を忘れて没頭してるって感じられるのがいいわ。で、考えてたんだけど、あなたが野球の試合を聴くのなら、私、チョコレートケーキを焼こうかしら。どう?」やがて、突然煙が漂ってきて、ワッフルメーカーの中身が焦げているのがわかった。それから二〇分後、グレイディはワッフルメーカーの焦げつきをこすり落とし終えると、陽気にそして満足げに「朝食の準備完了」と宣言した。

クライドは座った。彼はとても弱々しい笑みを浮かべてお皿を見おろしたので、グレイディは訊いた。「ねえ、どうしたの? 野球のラジオ放送、やってなかったの?」

「いいや、放送はあるんだが、試合開始前なんだ。コーヒーを温めなおしてくれるか?」

「ピーターは野球が大嫌いなの」と彼女は単に思い出したという以外には、特別の理由もなく言った。自分の発言に慎重なクライドとは対照的に、グレイディは頭に浮かんだことを、それがどんなに無関係な内容であろうとも、話し始めるのだった。「気をつけてね」彼女はコンロからパーコレーターを持ってきて、クライドにコーヒーをつぎ足しながら言った。「今度は舌をやけどするほど熱いわよ」クライドは彼女がそばを通り過ぎるとき、その手をつかんで軽く前後に揺らした。「ありがとう」と彼女はささやいた。「どういうこと？」と彼は訊いた。「幸せだからよ」と彼女は答えて彼の手を振りほどいた。「それは変だな」と彼は言った。「お前がいつも幸せじゃないなんて変だ」彼が腕を外向きに振ったのを見て、グレイディはすぐさま後悔した。なぜならば、そのしぐさから、彼女の境遇が恵まれているということを彼がどれほど強く意識しているかということが伝わってきたし、実際それを証明してもいたからだ。愚かにも、グレイディはクライドが腹を立てていることに気づいていなかったのだ。

「幸せって相対的なものよ」とグレイディは言った。それは無難な返答だった。

「幸せは何と関係があるというんだ。金か？」この反駁で彼の気持ちは高ぶったようだった。彼は伸びをし、あくびをし、タバコに火をつけるよう、グレイディに命じた。

「これを最後にしてね。あとは自分で火をつけてちょうだい」と彼女は言った。「チョコレートケーキ作りに忙しくなるんだから。シュラフツでアイスクリームを買ってきたらどう？ 最高だと思わない？」彼女は自分の正面に料理の本を立てた。「素敵なレシピが沢山載ってるわ。読んでみるわよ――」

クライドはグレイディの言葉をさえぎって言った。「今、思い出したんだが、ここでパーティを開いていいとウィニフレッドに言ったそうだが、それは本気か？ ウィニフレッドはお前が本気でそう言ったと受けとめるタイプの子だぞ」

グレイディはクライドにこう尋ねられて我に返った。どのパーティだったかしら？ すると突然、彼女は記憶の雨に襲われたかのように、ウィニフレッドが色黒の太った巨体の女の子で、キャッツキルのピクニックにミンクが連れてきた子だったことを思い出した。ウィニフレッドは、そのピクニックに一ポンドのサラミソーセージに加えて、ゆさゆさと揺れるほぼ二百ポンドもの脂肪と筋肉の巨体を携えてやってきていた。森の精の中に迷い込んだサイ同然の彼女は、リンカーン・ハイスクールでの元気な日々の名残とも言うべき体育の授業で使ったブルマー姿で、午後の間じゅう、自然の中ではしゃぎ回り、汗まみれになったヒナギクの束を握ったまま離さなかった。彼女が言うには、花に夢中になる彼女の様子を風変りだと言う者もいたが、実際のところ、彼女はそのようなタイプの人間であって、花ほど好きなものは他になかった。

それにもかかわらず、ウィニフレッドにはどことなく賞賛に値する一面があった。スパニエル犬のような彼女の目がそうであるように、彼女の自由奔放さには、優しくて忠順な温かさが感じられた。また彼女はミンクを深く敬愛し、誇りに思い、気にかけていた。グレイディはミンクほどの醜男や、ウィニフレッドほど常識はずれの人物を思いつかなかった。しかし、ふたりが一緒にいると、彼らの周りには明るく心地よい光が差すのだった。それはまるで、ごく普通の石とも言うべき彼らの大きく不格好な自己から、貴重な何かが解き放たれて、美しい調べと純粋さを伝える肖像と化したかのようだった。グレイディは、彼らのその姿に敬意を払わざるを得なかった。クライドは、自分の友達をグレイディも受け入れるとは限らないという警告のつもりで、彼女にミンクとウィニフレッドを紹介したようだったが、グレイディがふたりを気に入ったので驚いたようだった。しかし、タイヤがパンクし、クライドとミンクが修理をしている間、グレイディは車の中でウィニフレッドとふたりっきりになってしまい、ウィニフレッドはグレイディを女同士の打ち明け話の洞窟に誘い込み、グレイディがかつて親しくしていた別の女の子との間で感じたことのある数少ない機会へとすぐさま彼女を導いていった。ふたりはお互いに逸話を打ち明け合った。ウィニフレッドの話は悲しいものだった。彼女は電話の交換手をしていて、その仕事が気に入っていた。しかし彼女の家庭生活は惨めだった。というのも、ミンクとの結婚を決意し、彼女は婚約パーティを開きたかったのだが、ミンクには価値がないと考えていた彼女の家族が、そのパーティを自宅で開くことを許さなかったのだ。困ったわ。私どうしたらいいの？　グレイディは、わかったわ、パーティだけの話なら、マクニール家のアパートを使ったらいいわ、と伝えていたのだった。ウィニフレッドはいきなり大粒の涙を流した。なんて素敵なの、と彼女は言った。

「お前が本心で言ったんだとしても」とクライドは続けた。「俺は、気の利いたアイデアだとは思わないね。とにかく、お前の家族に知れたら、きっとやっかいなことになるぞ」

「あなたらしくないわね。私の家族のことを心配するなんて」グレイディは言った。そして、この人、嫉妬してるんだわ、という思いが彼女の脳裏をよぎった。彼女にではなく、ミンクとウィニフレッドに対してである。というのも、クライドはまるでグレイディが賄賂を使って彼からふたりを遠ざけてしまったかのように考えているらしかったのだ。「あなたがパーティを望まないなら、私は別にどうでもいいのよ。私はあなたが喜ぶだろうと思って、そう申し出ただけなんだから。所詮、あの人たちはあなたの友達で、私の友達じゃないんだもの」

「おい、いいか。俺たちの関係を忘れるなよ。それと他のことをごっちゃにするな」

グレイディはこう言われて傷ついた。とても納得がいかなかった。そして自分が不利な立場になることを覚悟で、黙ったまま、料理の本に顔を隠した。とりわけ、グレイディは彼に臆病者と言いたかった。いつもの理屈を繰り返すのは、彼が臆病者だからこそとの思いが彼女にはあった。また、グレイディは、クライドが彼女に会話が乏しい関係を求めてくることにもうんざりしていた。クライドは会話もなく過ごすことに慣れていたし、そのような過ごし方を苦なく受け入れることができたので、グレイディが少なくとも彼との関係では彼の気持ちを感じ取れないということが自分の責任であるとは、おそらく気づかなかったのである。イライラした気持ちで涙に霞むレシピを見つめながら、グレイディは彼が立てる新聞のカサカサ擦れる音を聞いた。クライドは椅子にふんぞり返って、新聞を前方に放り出した。

「何てことだ！」クライドは言った。「お前の写真が出てるぞ」それから、グレイディが彼の肩越しに見れるように、彼は体の向きを変えた。ぼやけて小さな染みのついたグレイディとピーターを収めた写真が、どちらの顔も防腐処理が施されたカエルのように、新聞の上からこちらを見つめていた。クライドは指で活字を辿りながら声に出して読んだ。「財政家ラモント・マクニールの娘、グレイディ・マクニール。彼女のフィアンセ、ウォルト・ホイットマン二世。アトリウム・クラブでふたりだけの会話。ホイットマン氏は有名詩人の孫」

あり得ないことだった。グレイディは、アップルが自分にそう言うのが聞こえてくるようだった。それでも、彼女の笑いを止めるには、クライドの冷酷なコメントが必要だった。「冗談は、よそでやってくれ」

「ねえ、あなた。説明となると、とてもややこしいの」と彼女は涙をぬぐいながら言った。

「とにかく、何でもないのよ」

指先で写真をコツコツ叩きながら、クライドは言った。「こいつはお前にあの電報を送ってきたやつじゃないのか？」

「そうとも言えるし、そうでないとも言えるわ」と彼女は答えただけで、説明するのを諦めた。しかし、クライドはそのことを気にしている様子でもなかった。彼は眉をひそめて、遠くを見つめ、タバコの煙を吸い込むと、ゆっくりと鼻から出した。「それって、本当なのか？」と彼は尋ねた。「お前と、何とかという男が婚約してるって？」

「冗談はやめてよ。もちろん、そんなことないわ。ピーターはただの古くからの友達で、生まれた頃からの知り合いよ」

クライドは顔をしかめ、物思いにふけった様子で、テーブルの上に指で円を描いた。彼はその円をグルグルとなぞった。グレイディはその話題が終わったと感じてはいたが、さらに何かが起こりそうな気配を感じた。彼女のこの感覚は、クライドの描く円がだんだんと大きくなり、消えてなくなったときに強まった。それから、グレイディは不安のせいで立ち上がった。彼女は何かが起こるのを予期して彼を見おろした。しかしクライドは、伝えるべきかどうか決めかねているようだった。

「ピーターと私は一緒に成長してきたの。そして私たちは――」

クライドは意を決したように咳払いをした。「お前は知らないはずだから、聞いてびっくりするかもしれないが、実は、俺、婚約してるんだ」

キッチンにあるとても小さな品々が、突然、彼女の意識を攻撃したかのようだった。見えない置き時計の中で過ぎていく時間、温度計の赤い液体、スイスカーテンに這い広がる蜘蛛の巣の光、蛇口にぶら下がったまま、落ちることのない水滴。グレイディはこれらを壁の中に織り合わせてみたが、壁は薄すぎたうえ、紙のようにもろかったので、クライドの声を遮ることはできなかった。「俺はドイツから彼女に指輪を送ったんだ。それが婚約を意味するんだとすればだが。ところで」と彼は言った。「俺がユダヤ人だとお前に話したよな――いや、とにかく母さんがユダヤ人だと言ったよな――その母さんだが、レベッカに惚れ込んでいるんだ。よくわからんが、レベッカは思いやりがある子だ。俺が軍隊にいた頃、毎日、手紙をくれた」

遠くで電話が鳴っていた。グレイディは、電話がこれほどありがたいものだと思ったことはこれまでになかった。彼女はキッチンの子機には目もくれず、迷路のように入り組んだ使用人部屋を大急ぎで通り抜け、アパートの端にある自分の部屋に駆け込んだ。イースト・ハンプトンのアップルからの電話だった。もっとゆっくり話して。グレイディはアップルに言った。電話の向こうからは、数々の支離滅裂な言葉が聞こえてきたのだ。家族をめちゃくちゃにするつもり？　アップルがそう言ったとき、グレイディはアップルの冗長で大げさな話しぶりが、ピーター・ベルと新聞に載った写真のことに関係していることがわかった。不運にも、誰かがアップルに新聞を見せていたのだ。いつもならグレイディは電話を切っていただろう。しかし、床ですら実体のないものに思えてしまう今、グレイディはアップルの声の響きにすがりついた。グレイディは機嫌をとるような話し方をしたり、説明をしたり、罵りの言葉を受けとめもした。アップルは幼い息子に受話器を握らせ、グレイディおばちゃん、こんにちは。今度はいつ会いにきてくれるの？　と話させる程度にまで穏やかになった。それからアップルが、この話題の流れから、グレイディにその週をイースト・ハンプトンで過ごさないかと提案すると、グレイディは、あえてそれを拒否しなかった。電話を切るまでには、グレイディが午前中に車で向かうという話にまとまった。

グレイディのベッドの傍らには、布製の人形が置いてあった。色あせた素朴な女の子の人形で、ぼさぼさの赤毛が幾筋にもなってもつれていた。人形の名前はマーガレット。十二歳かそれより少し上だった。年齢が不詳なのは、この人形が誰かに捨てられて公園のベンチに置かれているのをグレイディが見つけたときの状態に、彼女があまり関心を払っていなかったからであろう。グレイディの家族はみな、彼女とこの人形がそっくりだと言った。どちらも痩せていて、赤毛がほつれていたからである。グレイディは、人形の髪をふさふさに膨らませ、スカートの皺を伸ばしてやった。以前はいつもこうしてマーガレットの世話をしていた。ああ、マーガレット。グレイディは声をかけ始めたが、言葉に詰まってしまった。マーガレットの目が、ブルーのボタンのように生気がなく、もはや以前のマーガレットではないことにふと気づいたからだ。

グレイディは注意深く部屋を横切り、鏡を見上げた。グレイディも昔と同じではなかった。もう子供ではなかった。以前はなぜか、自分が子供だと思い込むことがうってつけの口実になっていた。たとえば、ピーターにクライドと結婚するかどうかわからないと答えたときがそうだった。そう答えたのは、嘘ではなかったが、それは大人になって考える問題だと彼女が考えていたからだった。結婚は、人生が灰色に見えてきて、本気で考えなければならないような、ずっと先の出来事だった。それに自分自身の人生はまだ始まってはいないと彼女は確信してもいた。しかし、今、鏡の中の暗く青ざめた自分の姿を見て、グレイディは自分の人生が始まってから、ずっと長い時間が過ぎていることを知った。

長い時間が過ぎていた。そしてその大部分をクライドが占めていた。グレイディはクライドが死んでくれればと願った。こいつらの首をはねてしまいなさい、と永遠に叫び続けるハートの女王のように、それはまったく彼女の空想にすぎなかった。というのも、クライドは死刑という厳罰を宣告されるような悪事をはたらいたわけではなかったからだ。彼の婚約は犯罪ではなかった。それは完全に彼の権利の範囲内だった。実際のところ、彼女は彼にどんな権利を主張できるというのだ？　彼女にはこれといって示せるものはなかった。なぜならば、認めたくはなかったが、彼女の気持ちの中心には、はかなさの予感があった。クライドを彼女の現実的な将来の中に組み込むことはできないという認識である。実際、グレイディがクライドを恋人に選んだのは、ほぼそれが理由だった。彼女にとって、今の彼も、これまでの彼も、間もなく降り始める雪に照り返す過ぎし日の炎に等しかった。鏡のそばを離れるときまでには、グレイディはすべての天候が予測不可能であることを悟っていた。気温は下がりかけていて、雪がすでに彼女を包み始めていた。

グレイディは怒りと自己憐憫との間を行ったり来たりした。彼女にも、耐えられる非難に限界はあったし、クライドを責める根拠もいくつか持ち合わせていた。中でも、車中で見つけたコンパクトは、その主たるものだった。彼女はそのコンパクトを整理ダンスの抽き出しの中から仰々しく取り出した。今後クライドは、レベッカを路面電車に乗せてやればいいんだわ。

静けさと野球の歓声がキッチンにあふれていた。クライドは爪を噛みながら、ラジオの上に身をかがめていた。しかしグレイディが入ってくると、彼は心配そうに視線を脇にそらした。グレイディは実行すべきかどうかためらった。しかし、一瞬にして、それはなされた。彼女はコンパクトをクライドのそばに置いた。「あなたのお友達が、これを返してもらいたいのではと思って。彼女のものに違いないわ――車の中でみつけたの」

恥ずかしいという思いが急激に強まったせいで、クライドの首筋は赤くなった。しかし、コンパクトをポケットの中に滑り込ませると、彼は全身をこわばらせ、低く沈むようなしわがれ声で言った。「ありがとう、グレイディ。彼女はそれを探していたんだ」

クライドの頭の中で、まるで扇風機が激しく回っているようだった。スポーツアナウンサーの単調な声は大歓声にのみ込まれ、拍手と熱狂にかき消されていた。クライドはポケットの中のコンパクトを手探りでさがし、強く握り締めた。ピシッ。チリリン。コンパクトは壊れた。鏡の破片が手の平にささり、少し出血した。

クライドはコンパクトを壊してしまったことを後悔した。それは彼が愛する妹アンのものだったからだ。

その年の四月、クライドが初めてグレイディと知り合ったとき、彼女のビュイックの胴体部分に通信回路の故障が起こった。それはクライドには修理できそうにない不具合だったため、彼は自動車修理工場で働いている友人のガンプにみてもらおうと、車をブルックリンまで移動させたことがあった。アンは一日の大半をよくその修理工場でぶらぶらと過ごしていた。アンは発育不全の、皺が寄った十九歳の少女で、外見はわずか十歳か十一歳ぐらいにしか見えなかったが、エンジンのこととなると、男性と同じほどよく理解していた。アンは、家では、自分の背丈ほどスクラップブックを集めていて、そこにはアン自身が考案した超ハイスピード自動車と惑星間飛行機だけが収められていた。これはアンのライフワークであり、知っているすべてだった。というのも、アンは三歳のとき心臓発作に襲われたために、学校へはまったく通えなくなってしまったからだ。家族一丸となった努力の甲斐なく、誰もアンに読み書きを教えることはできなかった。そして彼女は、家族のあらゆる試みをまったく受け入れず、エンジンの働きであるとか、宇宙空間での翼の曲線などの、自分に関心があることだけを頑なにやり続けた。家族の間では、アンに声を張り上げてはならないというルールがあった。また、クライド以外の家族の者たちは、死が迫った人に接するかのような、これみよがしの思いやりをアンに向けた。アンが死んでしまうなんて想像もできないし、エンジンの話をしたり工具をいじくり回したり、飛行機の音や新型車の美しいスタイルに信じられないほどの驚きを示すアンがいない家など思い描くことができなかったクライドは、生まれながらの強い意志をもってアンに接し、アンもクライドを深く敬愛することでクライドの気持ちに応えた。私たちは兄妹《ブラザーズ》よね、クライド？　それが自分たちの親しさを伝えるアンの表現だった。さらにクライドは、アンのことを恥ずかしいとは思わなかった。他の家族の者たちは、いくらかアンに恥ずかしさを感じていた。姉のアイダは、アンが一日中、自動車修理工場でぶらぶらと過ごすことを咎められないことを特に不満に感じていた。私自身の妹が売春婦みたいな服装で、近所の怠け者たちとぶらつき回るのを見て、人は私のことをどう思うかしら？　クライドは、アイダが怠け者呼ばわりする男の子たちは、アンのことが大好きなんだと正直な思いをぶつけた。その子たちはアンの唯一の友達だった。しかし、彼女の服装については、弁解するのはもっと難しかった。アンは、十七歳までオーバックスの子供服売場で買った幼稚な服を着ていた。そしてある日のこと、彼女は高さ三インチのハイヒール、派手なドレス一、二着、偽乳一セット、コンパクト、真珠色の爪つや出し一瓶を買った。新しい装飾品を身に着けて、衣擦れの音を立てながら通りを歩き回るアンの姿は、仮装舞踏会の少女のように見えた。アンを知らない人びとはそれを見て嘲笑した。クライドは一度、アンをあざ笑った男を袋だたきにしたことがあった。また、クライドはアンに、アイダであれ誰であれ、決して気にするな、着たい服を着ればよい、と伝えた。するとアンは、そうね、自分としては何を着ようがどうでもいいんだけど、ガンプのことが好きだからかわいく見えたいの、と言った。アンは何の前ぶれもなく、ガンプにプロポーズしたことがあった。ガンプは親切にも、結婚するなら相手はアンだ、と答えてくれていた。このようなことがあったので、クライドはガンプを親友とみなしたし、ガンプがトランプでズルをしても、まったく文句を言わなかった。クライドがグレイディの車をブルックリンの修理工場に運転していったとき、アンはそこに居合わせた。ハイヒールを履き、髪には模造ダイヤモンドの櫛を挿した姿で、アンはガンプがエンジンの異音を突きとめる手伝いをしていた。空には春の虹がかかっていた。虹と青く輝くコンバーチブルが調和して、アンには実に素晴らしく感じられた。こんな車に乗れば、アンはクライドに乗せてくれと懇願しながら言った、こんな車に乗れば、虹が消えてしまわないうちに、虹の端っこまで辿り着けるわ。それでクライドはアンを乗せて、近所をひと回りし、子供たちが授業を終えたばかりの学校を通り過ぎた（いちばん幼い生徒でも、私よりいろんなことを知ってるけど、あの子たちの誰ひとりとして、こんな素敵な車に乗ったことはないはずよ）。アンはまるでスズメのように、座席のてっぺんにちょこんと座り、両脚をぶらぶらさせ、あたかも自分が大パレードのヒロインでもあるかのように、みんなに向かって手を振った。それから、クライドがアンを降ろそうとして、自宅のそばに車を停めたとき、アンは縁石のところからクライドに投げキッスを送った。クライドはこれまでの人生で、これほどかわいい女の子を見たことがないと思った。その数分後、急いで階段を駆け上がっていたときに、アンは後ろ向きに倒れてしまった。神のお慈悲だわ、とアイダは言った。アイダは家にいた唯一の家族だったが、アンに手を差し伸べるのに間に合わなかった。

　クライドは思い出していた。アイダ、母、バーニィ、クリスタルの四人が悔やみと癒えることのない弔いの悲しみを分かち合っていたとき、クライドは自宅を留守にし、グレイディと楽しいひとときを過ごしていたのだった。グレイディのように思慮を欠く娘に、アンのことを話したいと思うような人などいない。軍隊にいた頃、クライドはとても多くの女の子たちをナンパした。たっぷりとおしゃべりしただけで終わった関係もあった。それはそれでよかった。なぜなら、話の内容は重要ではなかったからだ。つまり、そうした、その場限りの場面では、嘘も真実も根拠を欠くものばかりであって、なりたい自分になることができたのだ。クライドは駐車場で初めてグレイディに会った日の朝、そしてその後、グレイディが数回駐車場に姿を見せるようになり、何か起きそうだと確信したとき、彼女も軍隊時代の女の子の部類にしか思えなかった。言わば、電車に乗り合わせた誰かにすぎなかった。それでクライドは、かまうもんか、手に入るものはいただきだ、と考えて彼女をデートに誘った。その後クライドは、グレイディのことがまったく理解できなかった。グレイディは、ある意味ではクライドをはるかに引き離していたし、彼の期待値を越えていた。風変りな娘。クライドは、このレッテルが的を射ていないことを十分に自覚しながらも、そう表現した。それでもグレイディの感受性の豊かさと自身の感受性の乏しさに不利な立場を感じながらも、クライドは、にわかづくりの感受性をもって彼女と接することができなかった。もっとも不利な立場ではあれ、それを保つには自分が一歩引きさがるしかなかった。そして、彼女の存在が自分にとって重要になればなるほど、クライドはそうではないと思うよう努めた。なぜならば、もし彼女が突然立ち去るとしたら、一体、自分はどうしたらいいんだろうという不安があったからだ。早かれ遅かれ、そうなることは予想できた。もしクライドに違った考え方ができたならば、彼もグレイディが望むとおりの自分でいられたかもしれない。だが、クライドを待ち受けているのは、地下鉄での通勤と、レベッカと過ごす日々になる公算が高かった。だから、その見込みを考えると、クライドはグレイディ・マクニールのような娘にのめり込むわけにはいかなかった。それは難しいことだったし、徐々にそう思えてもきた。ピクニックに出かけたとき、クライドは束の間グレイディの膝枕でうたた寝したことがあった。夢の中では、死んだのはアンではなくグレイディだと言う声が聞こえてきた。目を覚まし、陽差しの光輪の中にグレイディの顔が見えたとき、クライドは全身がバラバラになる感覚を味わった。もしそのとき、そう感じた理由がクライドにわかっていたとしたら、その瞬間、彼は自分がこれまで無関心でいたことの罪に気づいていたことであろう。

クライドは壊れたコンパクトをポケットから取り出し、ゴミ箱に捨てた。グレイディがそれに気づいたかどうかは彼にはわからなかった。というのも、クライドが体を動かすたびに、グレイディはふたりの目が合うのを恐れているかのように、または、彼が彼女に触れてくるのを恐れてでもいるかのように、顔の向きを変えたからである。グレイディは茫然とし、ぎこちなく人目をはばかるような動作で、チョコレートケーキの材料を混ぜ合わせた。しかし、卵の白身と黄身を分けるときに、彼女は白身を入れたボールに黄身を落としてしまい、抜け出すことのできない袋小路に迷い込みでもしたかのように、この不手際を凝視した。その姿を見て、クライドはかわいそうに感じた。彼はグレイディに近づいて、黄身を取り出すのは簡単だと示してみせてやりたかった。しかし、ラジオからどよめきが流れてきた。誰かがホームランを打った。クライドはそれが誰なのか、放送に耳を傾けた。それから、再び試合に興味をなくし、彼は乱暴にラジオを消した。どのみち、野球はクライドには辛い話題だったし、実際、それは過去の栄光と、とげることのできなかった保証と、煙突から吐き出される夢に等しかった。はるか昔のことである。クライド・マンザーは素晴らしい野球選手になるというのが大方の見方だった。誰もが彼を草野球リーグの最優秀選手として讃えていた。かつて、ノーヒットゲームを達成し、高校のブラスバンドの先導に続いて、彼は多くの人たちの肩に担がれて球場をあとにしたことがあった。クライドは涙を流し、彼の母も泣いた。しかし母の涙は、誇り以外の思いから流れた涙だった。彼女には息子がだめになってしまうのではないかという思いがあったし、これで息子に弁護士になってもらいたいという自身の願いが叶わないのだと、そのときわかったからだ。振り返れば、クライドの努力が水泡に帰してしまったということも不思議ではあった。スカウトマンは誰ひとりとしてクライドに興味を示さなかった。また、大学からは奨学金の申し出もなされなかった。クライドは軍隊時代に少しプレーしたが、誰からも注目されなかった。最近では、おだてられてキャッチボールをすることはあったが、彼にとってブルックリンで聞こえてくるいちばん寂しい音は、ボールを捕らえるバットのカキーンと響く音だった。新たなキャリアとしてクライドが着目したのは、テストパイロットになることだった。それでクライドは入隊後、航空隊を志願したが、教育を十分に受けていないという理由で、その願いは閉ざされた。ああ、今は亡きアンよ。アンはアイダを座らせて手紙を書き取らせた。「最愛のお兄ちゃん、あいつらなんて、とっとと失せればいいんだわ。バカなやつらなんだから。お兄ちゃんは私のスペースシップに乗る最初のひとりよ。いつかふたりで月面着陸しようね」アイダはその手紙に現実的なコメントを書き足した。「アル叔父さんのこと、考えてみた方がいいわよ」叔父のアルは、アクロンで旅行かばん類の小さな工場を営んでいた。叔父は、事業に手を貸すよう、一度ならず、甥に誘いをかけていた——野球で最優秀選手になったことのあるクライドにとって、それは気に障る申し出だった。しかし軍隊を除隊となり、日中は眠り、夜中に動き回る昼夜逆転の数ヶ月を過ごした頃、クライドは、ある朝気づけば、アクロン行きのバスに乗っていた。彼はまだ半分も進んでいないのに、アクロンには気乗りしなかった。しかし当時のクライドは、ニューヨーク以外の場所は、ほとんどどこも気に入らなかった。どのくらいの期間であれ、ニューヨークから遠ざかっていると、彼は憂鬱な気分のせいで生気をなくした。ニューヨーク以外の場所にいることは、時間の浪費であり、本流から、人生の平板で偽物であるようなよどんだ支流への流浪に等しかった。しかし実際には、アクロンはさほど退屈なところではなかった。クライドは一定程度の権限を与えられていた――彼の下には四人の従業員がいた――という理由だけだったとしても、自分の仕事が気に入っていた。そうだとも、なあ。アル叔父さんは言った。一緒にひと儲けしようじゃないか。この話も、ベレニスがいなかったなら、うまくいっていたかもしれない。ベレニスはアル叔父さんのひとり娘だった。彼女は狂人のようなミルクブルーの目をしたヒステリー症の気がある早熟で身持ちの悪い女だった。彼女には純潔のかけらもなかった。クライドが初めて会ったときから、彼女は、ひと癖もふた癖もある女であることは明らかだった。そして、わずか一週間がたった頃、彼女はためらいもなく、アタックをかけてきた。クライドはアル叔父さんの家に住んでいたが、ある晩の夕食どきに、彼はテーブルの下で彼女の足が触れるのを感じた。彼女は靴を脱いでいた。だから、温かくシルクのようにやわらかな彼女の足がクライドの脚をさすると、クライドは興奮のあまり、フォークをしっかりと持っていられなかった。それは、のちにクライドがもっとも恥ずかしい思い出として振り返るような出来事だった。子供に興奮させられるなんて不自然だし、恐ろしいことでもあった。クライドはアクロンのダウンタウンにあるＹＭＣＡ

に引っ越そうとした。しかし、アル叔父さんはそれを聞き入れようとはしなかった。なあ、お前には家にいてほしいんだ。ついこないだの夜も、ベレニスは、クライド兄ちゃんがうちに住んでくれるなんて、こんな幸せなことはないわ、って言ってたぜ。それからある日のこと、クライドがシャワーのあとで体を拭いていると、彼はバスルームの鍵穴から、紛れもなく淡いブルーの目が覗き込んでいるのに気づいた。抑えていた怒りが一気に爆発した。タオルで身をくるみ、クライドは荒々しくドアを開けた。するとベレニスは、行き場を失い、隅っこまであとずさりし、黙ったまま怖じ気づいていた。その間、クライドは、彼女に軍隊時代に覚えた罵詈雑言を浴びせかけた。気づいたときには、アル叔父さんの妻が、階段のいちばん上からすべてを聞いていた。子供に向かって、あなたはなぜそんな口の利き方をするの？ 彼女は静かにそう尋ねた。クライドは返事の時間を割くことなく、服を着て荷物をまとめ家から出て行った。二日後、彼はニューヨークに戻っていた。アイダは、クライドが旅行かばんのビジネスを好きになれなくて残念だと言った。

体の中のエネルギーが、落ち着きのないアリのように、クライドの筋肉に這い上がり、その刺激に触発されて、彼は行動の必要性を感じた。クライドはうんざりだった。自分に対しても、物思いに沈んだグレイディの様子にもうんざりだった。彼女の気の塞ぎは、母親が長期間落ち込んで過ごすときと同じように、クライドの気を滅入らせた。十代だった頃、クライドは盗みの衝動に駆られたことがあった。窃盗にともなう危険が、退屈な気分に応戦するもっとも効果的な方法だったからだ。軍隊時代には、いくぶん似たような理由で、一度、電気カミソリを盗んだことがあった。今、クライドは何かそのようなことをしたい気分に襲われていた。「こんなところからは出ていこうぜ」とクライドは感情を爆発させて言った。それから、比較的穏やかに「ロウズでボブ・ホープが出る映画をやってるんだ」と言った。グレイディは誤って入れてしまった卵の黄身をフォークで突き刺した。「それもいいわね」と彼女は言った。

レキシントン・アベニューはうだるような暑さだった。ふたりは冷房のきいた映画館を出たばかりだったので、特にそう感じた。一歩ごとに生温かくよどんだ息が、ふたりの顔を襲った。星の出ていない夕暮れどきの空が、棺の蓋のように低く迫っていた。そして壊れかけた新聞売場とハエの羽音のような音を立てて明滅するネオンが並ぶ本通りは、長く伸びて悪臭を放つ死体のように見えた。舗道は電気の色の雨で濡れていた。通行人は湿気を含んだこの眩しい光に染められ、カメレオンのごとき速さで色を変えた。グレイディの唇は、緑色に、それから紫色に変わった。殺人事件！　タブロイド紙の背後に顔を隠した人びとは、街灯の下で湯気を立て、バスを待ちながら若い殺人者の印刷された目を見つめていた。クライドも新聞を買った。

グレイディは、ニューヨークで夏を過ごしたことがなかった。そのため、こんな夜を体験したことがなかった。暑さがこの都市の頭蓋骨をこじ開け、白い脳と電球の内部のヒューズのようにジュージューと音を立てる中央部の神経繊維をむき出しにした。そして、それはただの石ですら、クモの巣に捕らえられて脈打つ肉体を持った生命体であるかのように、超人間的なすえた臭いを発した。グレイディは、都会が魔法のように醸し出す激しい絶望感を知らないわけではなかった。なぜならば、彼女はブロードウェイで、そのあらゆる要素を見てきたからだ。しかし、彼女は他人の姿を通して、それらに通じていただけであり、言わば、自分がそれらの要素に直接関わったわけではなかった。だが、今では彼女に出口はなかった。グレイディはこの都市の一部になってしまっていた。

グレイディは、靴の中にずり落ちていたソックスを整えるために立ち止まった。それから彼女は、クライドがどのくらいで自分を置いてきぼりにしたことに気づくだろうかと思って、一瞬、待つことにした。通りの角には露店があった。そしてその辺りの歩道は見事な庭園のようになっていた。噴水は果物の形をしており、花々が沢山の大きなパラソルの下に並んでいた。

クライドはそこで一瞬立ち止まり、彼女を迎えに急いで戻ってきた。グレイディは、クライドを急かして街路を通り抜け、彼と一緒にアパートの暗闇に隠れたかった。しかし、「通りを横切って」と彼は言った。「そして、あのドラッグストアの正面で俺を待っていろ」

クライドの顔が奇妙に引きつった。そのために、グレイディはなぜそこで待っていてほしいのかそのわけを尋ねなかった。彼女には行きかう車の間から、クライドの姿がチラリと見えるだけだった。やがて彼女は、果物屋兼花屋の角を回ってくる彼の姿が見えた。ちょうどそのとき、グレイディは、リズデイル先生のクラスで一緒だった女の子がこちらへ向かって歩いて来るのに気づいた。それで彼女は向きを変え、派手に飾りつけしたドラッグストアのウィンドウを覗き込み、運動競技の後援団体の展示品に見入った。轟音が足もとから響いてきた。グレイディは地下鉄に続く格子の上に立っていたのだ。地下の空洞の奥底から、鉄の車輪のキーッと軋る音が聞こえてきた。するとそのとき、近くでいっそうすさまじい物音が聞こえてきた。車のクラクションが飛びかい、フェンダーがぶつかり、タイヤがスリップする音だった！　グレイディが振り返ると、ひとりのドライバーがクライドに罵声を浴びせていた。クライドはカケスが跳ねるように、大急ぎで通りを横切っているところだった。

クライドは、グレイディの手をひっつかむと、彼女を引っ張っていった。そして彼らは、木々が生い茂り、心地よい香りが漂う横町に着くまで走り続けた。ふたりが息を切らして一緒に前かがみになったとき、クライドは、グレイディの手にスミレの花束を押しつけた。グレイディは、まるでその現場を目撃していたかのように、それが盗んできたものだとわかった。スミレの葉脈は、夏場の木陰とコケの茂みを連想させた。グレイディはそのひんやりとした花束を頬に押しあてた。

帰宅すると、グレイディはアップルに電話をかけ、やっぱりイースト・ハンプトンには行かないことにした、と告げた。その代わりに、グレイディは、クライドと一緒にニュージャージー州のレッド・バンクへ車で向かい、ふたりはそこで午前二時頃結婚した。

第五章

クライドの母親は、でっぷりとしたオリーブ色の肌の女性で、自分の人生を家族のために捧げてきた人物にありがちな、やつれて落胆した感じの人だった。憂いを帯びた彼女のゆっくりとした話し方から、彼女がこのような自分の生き方を後悔しているような印象が伝わってきた。「もっとおとなしくしてちょうだい。お願いだから、少しだけ我慢してちょうだい」と彼女は指先を額にあてて言った。彼女の髪は、洗濯板のようにウェーブがかかっていたが、数本の小さな櫛で頭にピンどめされていて、白髪まじりのジグザグ模様になっていた。「バーニィ、アイダの言うとおりにしておくれ。家の中でボールをバウンドさせないで。ママの言うとおりに、キッチンに行って、お兄ちゃんが冷蔵庫を修理するのを手伝ってちょうだい」

「押すなってば！」

「誰が押した？」押した張本人のアイダが言った。「このまぬけなガキの手足をしばってやるから。わかった？　バーニィ。家の中でボール遊びしたら、手足をしばるからね」

その言葉を聞いて、マンザー夫人は最初のお願いを繰り返した。夫人は黒玉のピアスをつけていた。彼女が頭を振って、ため息まじりに小さな声で罵りの言葉を吐いたとき、黒玉は鈴のように揺れた。夫人の傍らのテーブルには、小さな鉢植えのサボテンが置かれていたが、夫人はサボテンの周りの土を押し固めた。向かい側に座っていたグレイディは、夫人がこの仕草を繰り返して、九度目か十度目になることに気づき、マンザー夫人も自分と同様に、とても落ち着かないのだなと推測した。こう想像して、グレイディはいくぶん、緊張がほぐれた。

「おわかりになりますか、お嬢さん？　あなたは笑みを浮べてうなずいていらっしゃいますけど、おわかりいただくのは無理ですわ。だって、あなたはご家族に男の兄弟がいらっしゃらないんですもの」

グレイディは「はい、実のところ、姉がひとりいるだけです」と答え、タバコを取り出そうとして、ハンドバッグに手を入れた。しかし、灰皿が見あたらなかったので、グレイディは夫人が喫煙を快く思わないのだと考えて、どうしたものかと迷いながらも、その手を引っ込めた。彼女には、自分の体のあらゆる部分がぎこちなく感じられた。というのも、ここ数時間、アイダがレース細工のように入念にグレイディを凝視していたからだ。

「お姉さんおひとりだけ？　それは残念だわ。でも、男の子を産むといいわ。男の子のいないお母さんに価値はないのよ。尊敬されないの」

「あら、私は例外よ」とアイダは言った。アイダは飾り気のない意地悪そうな娘で、髪の毛は縮れ、血色は悪く、むっつりとしていた。「男の子って最低。大人の男もそうだわ。男なんて少ないに越したことはないわ」

「馬鹿なこと言うもんじゃないわよ、アイダ」と彼女の母親は言うと、サボテンを窓辺の棚に移した。四角く切り取られたブルックリンの日光が、サボテンの上にわびしく差し込んだ。「それは空しい考え方というものよ。アイダ、あなたにはもっと潤いが必要だわ。去年の夏、ミニーの娘さんが出かけたみたいに、あなたもあの山に行ってみるのがいいかもしれないわね」

「あの子は山になんか行かなかったのよ。本当よ。だって、あの子の噂、聞いたもん」

マンザー夫人と彼女の長男が、性格面でも外見でも、これほどそっくりなのは驚きだった。ぼんやりとして曖昧で中途半端な笑み、印象的な目もと、単語と単語の間隔をあけてゆっくりと話すしゃべり方、どれもよく似ていた。このような特徴が再生されているのを見たり、その特徴がまったく違った印象を与えるのを見て、グレイディは衝撃を受けた。「男性はいちばん大切な存在よ。繊細な存在だわ」と夫人は娘のあてこすりを無視して言ったが、そのようなところも、無視しようと決めたら何でも無視するクライドにそっくりだった。「それに、子供の中の男性的な部分も同じよ。それはママが守ってあげたり、信頼してあげなくちゃならないものなの。バーニィもそうだわ。優しい男の子よ。ママに、とっても親切なの。天使よ。クライドもそうだったわ。天使でした。チョコバーをもらったら、必ずママに半分くれたの。私はチョコバーが大好きなの。でも今では、そう、男の子は大きくなると変わってしまって、ママのことをよく覚えていないのよ」

「ほら、母さんも私と同じことを言ってるじゃない。男は恩知らずだって」

「まあ、アイダ。そんなこと言わないで。母さんは愚痴を言ってる？ ママが子供を愛するのと同じぐらいに、子供がママを愛さなくなるのは悪いことではないのよ。子供って、ママの愛情を恥ずかしく思うものなの。それは仕方がないことよ。でも、男の子が大人の男性になったら、誰か女の人と過ごすようになるものよ」

静寂が全員を包み込んだ。しかし、初対面の人びとの間に沈黙が垂れ込むときのような張りつめた空気ではなかった。グレイディは、自分自身の母親のこと、自分たちの間の複雑な愛情の関係、つまり不信感から生じるものか、許しがたい疑念から生じるものかはわからないが、彼女が拒絶してきた愛情のひとコマひとコマを考えた。そして、それらの一瞬一瞬を埋め合わせる可能性はあるだろうかと思い巡らせてみたが、その公算は見い出せなかった。なぜならば、それが可能なのは子供だけだったが、その子供時代もその見込みと同じく、すでに過ぎ去っていたからだ。

「ああ、話し好きなおしゃべり婆さんほど見苦しいものはないわね？」マンザー夫人は明るくため息をついてみせながらそう言った。夫人はグレイディを見つめていた。その表情は、どうしてうちの息子はこんな娘と結婚したのかしらと問いかけるものではなかった。なぜならば、グレイディとクライドが結婚したことを、夫人はまだ知らなかったからだ。その表情は、なぜうちの息子はこんな娘を愛したのだろうかと問うているようだった。母親であれば、誰もが抱くより深い疑問であるが、グレイディは夫人の目にそれを読み取ることができた。「あなたは礼儀正しく私の話に耳を傾けてくださいました。でも、もう口をつぐんで、あなたのお話をお聞きします」

グレイディは、ブルックリン訪問について想像を巡らせていた時点では、自分が目に見えない目撃者として、地下鉄で一時間のところにあるクライドの生活の断片を、気づかれないまま、見て回っているようなイメージを抱いていた。しかし、玄関を入ったところで、グレイディは、この空想がいかに現実とかけ離れているかということや、彼女もまた他の人と同じく誰の目にも見える存在であることに気づいた。あなたは誰なの？　何のお話がしたいの？　マンザー夫人がそう尋ねても、厚かましい質問ではなかった。それでグレイディは、この難問に直面し、思い切って自らこう切り出した。「私は考えていたのですが——あなたは誤解しておられます——クライドのことですけど」と彼女は、つい先ほどの話題をうまく利用して、口ごもりながらも言った。「クライドはお母さんのことを深く愛しています」

グレイディは、すぐにそれが軽率な発言だったと気づいた。アイダは、ほとんど不遜とも言える表情で、すかさずグレイディに言った。「母さんの子供たちは、みんな母さんのことを深く愛しているわ。その点、母さんはとても幸運よ」

家族の忠誠心にコメントを差しはさむほど思慮を欠くよそ者は、叱責を覚悟しなければならない。それでグレイディは、それが叱責だとは気づかないふりをして、アイダの非難を潔く受け入れた。実際のところ、マンザー家の人びとは、たしかにひとつの家族だった。彼らの家の使い古した匂いと擦り切れた所有物からは、暮らしを分かち合っているという雰囲気と、どんな騒動が起こってもびくともしない結束力が感じられた。この暮らし、これらの部屋は、彼らのものだった。そして家族の絆は強く、クライド自身は、彼が思っている以上に家族のものだった。この意味では、家族の感覚に乏しいグレイディにとって、そこは不思議で、温かく、ほぼ別世界の空間だった。しかしそれは、グレイディが自分のために選択する雰囲気ではなかった――家族のメンバーとの密接な関係のために生じる風通しの悪い逃れようのない圧迫感は、すぐにグレイディをしおれさせるだろう――彼女の気質は、個人の冷静で排他的な精神風土を必要とした。グレイディは、たとえば、私はお金持ちです、お金は私が依存する島です、と断言することができるのだった。グレイディは、その島の価値を正確に評価できたし、その島の地面に自分が根を張っていることに気づいていたからだ。そしてお金のお蔭で、彼女は絶えず家や家具や人間さえも取り替えることができた。もしマンザー家の人びとが人生を違ったふうに理解しているとすれば、それは彼らがこのような特権に浴していないからだった。彼らはその不利な立場を、自分たちが所有しているものに、より大きな愛着を抱くことで埋め合わせた。そして、おそらく彼らにとって、生と死のリズムは、小さくもより激しいドラムを打ち鳴らしていた。だが、結局のところ、人はどこかに所属することになるのだ。空高く舞い上がるハヤブサですら、飼い主の手首に舞いおりてくるものだ。

マンザー夫人はグレイディにほほ笑みかけた。穏やかに、そして説得力のある物語の語り手の火明かりのような声で、夫人は言った。「私は少女の頃、山腹の小さな町に住んでいました。山頂には雪が積もっていて、麓には緑の川が流れていました。想像できますか？　さあ、耳を傾けてみて。鐘の音が聞こえるかしら。十余りの塔から、いつも鐘の音が聞こえてくるの」

グレイディは言った。「はい、聞こえます」実際に聞こえてくるようだった。するとアイダがもどかしそうに言った。「母さん、例の鳥の話？」

「その町を訪れる人は、そこを鳥の町と呼びました。まったくそのとおりでした。夕方になり、ほぼ日が暮れかかった頃に、鳥の大群が飛んできて、月が昇るのが見えないこともありました。それほど多くの鳥が飛んでくる場所は、他に見たことがありません。しかし、冬になると悲惨でした。朝はとても寒く、顔を洗うにも氷が割れないほどでした。そんな朝には悲しい場面を見ることがよくありました。鳥たちが地面で凍っているところは、一面、羽毛の海です。本当なのです。その鳥たちを落ち葉のように掃き集めるのが父の仕事でした。それから鳥たちは炎の中に放り込まれたのです。しかし父は、数羽持ち帰ってくることがよくありました。ママと私たちはみんなで、その鳥たちが力をつけて飛び立つことができるまで面倒をみてあげました。そして私たちがとても愛着を感じるようになった頃、鳥たちは飛び去っていったものです。まったく子供たちと同じように！　おわかりになりますか？　その後、また冬が巡ってきます。そして私たちは、凍った鳥たちを見るのでした。私たちは、言葉にこそしませんが、あちらこちらで死んでいるのは、以前、冬場に命を救ってあげた鳥たちだといつも気づくのでした」夫人の声の最後の明るい燃え殻が消えかかり、そして暗くなった。つぶやきは無言へと変わり、夫人は低く震えるため息をついた。「私たちが、鳥たちにとても愛着を感じるようになったまさにそのときにです。まったくそのとおりでした」

それから夫人はグレイディの手に触れ、こう言った。「あなたの年齢をお尋ねしてもいいかしら?」

まるで催眠術師の指がグレイディの目のそばでパチンと鳴ったかのようだった。優しく手当を受けた鳥たちが、新しい冬を迎えて凍死し、羽ばたきのように立ちのぼる火柱の中で燃えている夢の中の場面から目覚めたかのように、グレイディはまばたきをしながら答えた。「十八歳です」いや、まだだ。彼女の誕生日は数週間先だった。あと二ヶ月ほどが、誕生日のチェリーパイや花束のように、まだ手がつけられないまま残っていた。そこでグレイディは、突然、こう主張したい衝動に駆られて言った。「実は、十七歳です。十月には十八歳になります」

「十七歳ですか。私は、十七歳のときにはすでに結婚していたわ。十八歳でアイダを産みました。それも当然と言えば、当然です。若くして結婚したのですから。それで、男は働くことになるのです」夫人は熱情を込めて話した。しかも、必要以上に顔を赤らめて語った。しかし、この紅潮はすぐに消えてしまい、彼女は物思いに沈んだ。「クライドは結婚するでしょう。私は何の心配もないわ」

アイダがクスクス笑った。「母さんはそうだとしても、クライドはそうではないわよ——いろいろと心配事があるはずだわ。今朝、A&Pでベッキーに会ったんだけど、彼女、とても怒っていたわ。それで、私、訊いたの。どうしてカリカリしてるの、って。するとベッキーは、アイダ、あんたの弟に、黙って失せろ、って言っといてね、だって」

グレイディは、まるで突然、残酷で危険な高みまで、自分の体が持ち上げられたかのようだった。耳鳴りがするのを感じつつ、彼女は、そこからどうやって降りてくればよいかがわからずに、なりゆきに身をまかせた。

「レベッカが怒ってるって?」マンザー夫人は、ほとんど関心もないような声の調子で訊いた。「でも、どうしてなの、アイダ?」

アイダは肩をすくめた。「知ってるはずないでしょ? ふたりの間のことを、どうして私が知ってるのよ。とにかく、今日辺り、うちに来ないかって言っといたわ」

「アイダ」

「なぜ、そんな反応するのよ、母さん? みんなが食べるぶんぐらい、たっぷりあるじゃない」

「まいったな。冷蔵庫を新調しなくちゃなんないよ。誰にも修理できやしない」そう言ったのはクライドだった。彼は、近づいてきたのを誰にも気づかれないまま、体じゅう油まみれになり、擦り切れたフリッジデール冷蔵庫のベルトを持って、部屋の端っこに立っていた。「ねえ、母さん、クリスタルに頑張らせても無茶だし、それに俺、四時には仕事に戻っていなくちゃならないんだ」クライドの真後ろに、自己弁護を連発しながら、クリスタルが姿を現わした。「どうなのよ、母さん。私を何だと思ってるの？　馬？　タコ？　私は一日中キッチンに缶詰状態なのに、母さんたちは家の中の涼しい部屋でくつろいだりなんかして――しかもバーニィを預けられてイライラさせられるし、クライドは冷蔵庫の部品を床いっぱいに広げるし、たまったもんじゃないわ」マンザー夫人は片手を上げた。すると全員の不満が止んだ。夫人は子供たちの不満に対処するすべを、ちゃんと心得ていた。「もう、お黙り、クリスタル。あとで母さんがやっとくから。クライド、体を洗いなさい。アイダ、テーブルの準備をするのよ」

クライドは、姉たちがその場を離れたあとも、ぐずぐずと居残っていた。彼はぼんやりと、少し離れたところで彫像のように立っていた。彼のシャツは汗でシルクみたいに濡れ、大理石の薄いコーティングのように彼の肌に貼りついていた。ずっと以前の四月、グレイディは心の中でクライドの写真を撮ったことがあった。それはくっきりとし、肉感的な写真で、白い紙の上の切抜き絵のように輪郭が際立っていた。真夜中にひとりっきりになると、彼女は血のざわめきを感じるほどのその魅力的な表象を、思わず心に浮べてしまうのだった。そして、今、クライドが近寄ってきたとき、グレイディは目を閉じて、その愛しいイメージの方へと逃れていった。というのも、自分の方へと迫ってくるグレイディの夫は、歪んだ像、まったくの別人だったからだ。

「大丈夫か?」クライドは言った。

「大丈夫にきまってるじゃない」

「そうかな?」クライドはフリッジデールのベルトで自分の太ももをピシッと叩いた。「いいか、思い出してみろ。来るのを望んだのは、お前だったんだぞ」

「クライド、私、そのことを考えていたの。みんなに話した方がいいんじゃないかしら」

「それはできない。なあ、俺にはまだ無理だって、お前にもわかっているはずだ」

「でも、クライド。それでも何だか、私——」

「そう思いつめるな」

しばらくの間、クライドの甘酸っぱい汗の匂いが、よどみなく流れる霊気のように空中に漂っていた。しかし、わずかなそよ風が部屋の中を吹き抜け、彼は部屋を出た。それでグレイディはひとりぼっちになって目を開けた。彼女は、窓のそばで立ち止まり、冷却機に寄りかかった。ローラースケートが、黒板をひっかくチョークのようにキーッと音を立てて通りをこすっていた。茶色のセダンがゆっくりと通り過ぎ、車のラジオからは国歌が大音量で流れていた。ふたりの少女が水着を持って、歩道をひょいひょいと歩いていた。マンザー宅の室内は、外とほぼ同じだった。屋外は、小人ほどの高さの生け垣で歩道から分かたれており、マンザー宅は、十五軒からなる一ブロックの一軒だった。家々はまったく同じというわけではないが、多かれ少なかれ、どれも壁面が凹凸になった漆喰と濃い赤レンガづくりで、似たり寄ったりの寄せ集めだった。同様に、マンザー夫人の調度品も、特徴のないものばかりだった。十分な数の椅子、沢山のランプ、その他、二、三の品々が、ところ狭しと置かれていた。しかし、何らかの趣向が表われている品々もあった。側面が平らになった二体の仏像が、三枚もののレコードのコレクションを両側から支えていた。炉棚の上では、ウィスキーの瓶を持った千鳥足のアイルランド人が、陽気にジグを躍っていた。ピンク色の蝋でできたインド人の少女は、夢みるような笑みを浮べてミッキーマウスといちゃついていた。ラジオの上では、人形サイズのミッキーマウスがにっこりと笑っていた。そして布製の道化の一団が、おどけた天使のように棚の高いところから見おろしていた。グレイディの目に映った家や通りや部屋は、このようなものだった。そして、マンザー夫人は、かつて鳥の町の緑の川と雪を頂いた山との間で暮らしていたのだった。

舌をブルブルと鳴らし、模型飛行機を高く掲げて、バーニィが部屋の中に駆け込んできた。

バーニィはぐずりで、幼虫みたいに色白で、反抗的な子供だった。傷だらけの膝には絆創膏が貼られ、頭は丸刈りで、利かん気な目をしていた。「アイダが、お姉ちゃんとお話ししときなさいだって」バーニィはそう言うと、地獄から飛び出してきたコウモリにように駆け回った。グレイディは、アイダの言いそうなことだと思った。「アイダったら、母ちゃんのいちばんお気に入りのお皿を落っことしてしまったんだよ。割れなかったけど、とにかく母ちゃんは、クリスタルがお肉を焦がしちゃったり、クライドが冷蔵庫を水びたしにしてしまったもんだから、カンカンに怒ってるんだ」少年は床に倒れ込み、まるでくすぐられているかのように、体をくねらせた。「でも、母ちゃんはどうしてベッキーのことで腹立ててるのかなあ?」

グレイディは、いささか意地悪かとは感じながらも、スカートの皺を伸ばすと、気持ちを抑えきれずにこう言った。「私にわかるはずないじゃない。お母さん、怒ってるの?」

「お姉ちゃんにちゃんと説明できればいいんだけど、僕にはわけがわかんないんだ。ただ、それだけ」バーニィは、飛行機のプロペラを指先ではじいて、こう言った。「アイダが言うには、クリスタルが思い切ってベッキーを誘ったらしいんだけど。そこんとこが、わけわかんないんだよ。だって、誰もベッキーを誘わなくっても、あいつはいつもうちに来てるんだから。僕がこの家の主人だったら、自分ちでおとなしくしてろって、ベッキーに言うんだけど。あいつ、僕のこと、嫌ってるんだ」

「とても素敵な飛行機だこと！　自分で作ったの？」グレイディは出し抜けに言った。ホールから足音が聞こえてきたために、不安になったからだ。実際、グレイディは、その飛行機が素晴らしいと思った。それは独特だった。繊細な骨組と柔らかい紙の翼が、東洋人の細やかさで貼り合わされていた。

バーニィは、コダックカメラの写真が何枚か一緒に収められた人工皮の写真立てを誇らしげに指さした。「女の子が写っているだろ？　その子がこれを作ったんだ。アンだよ。アンは何千も、何百万も、どんな種類の飛行機も作ったんだよ」

グレイディは、小鬼のようにも幽霊のようにも見えるその幼い少女を、バーニィの遊び仲間だと思ったのだが、その子にはまったく目もくれなかった。というのも、その少女の左側に、軍服を粋に着こなし、ぼけてはいるが、かすかにかわいい感じの少女の腰に片方の腕を添えたクライドが写っていたからだ。写真の少女は、とても短いスカートをはき、やけに大きなコサージュをつけていて、アメリカの国旗を握っていた。その写真を見ていると、グレイディは、ある特殊な場面で、以前にも感じたことのある不快な気分に襲われた。人は、もし、過去のことを知っていて、現在を生きているとすれば、未来を夢みることができるだろうか？　つまりグレイディは、以前、夢の中で、その写真のクライドと少女が腕を組み合って駆けている場面を、エレベーターの中から、納得しがたい気持ちで無言のまま眺めたことがあったのだ。それは見るべくして見た夢であり、今後は日中もグレイディを苦しめることになるのであろう。そう考えているさなかに、アイダの声が聞こえてきた。その声は、まるで高木がすさまじい音を立てて倒れてきたかのように響いた。グレイディはその重さに身動きも取れず、椅子の中で縮こまった。「これは全部、私が夢中になって撮った写真よ。素敵でしょ？　クライドが写ったあの写真もね！　クライドが入隊した直後の写真よ。ノースカロライナに配属になったもんだから、ベッキーから頼まれて、一緒に汽車で訪ねたの。ふたりとも笑いっぱなしの旅だったわ！　そして私がフィルに出会ったのも、そこでよ。ほら、水着の人よ。もう彼には会ってないけど、フィルが除隊になったその年、私たちは婚約したの。フィルは三六回も、ダイヤモンド・ホースショーとかいろんなところに、私をダンスに連れてってくれたわ」一枚一枚の写真にそれぞれの歴史があった。そしてアイダは、そのすべてを順番に話した。その間、ふたりの背後では、バーニィが年代物の蓄音機でカウボーイソングをかけていた。

めったに体験することのない危機に耐え忍ぶために、一体、どれほど莫大なエネルギーが消費されることであろう。山脈を動かすほどの力に等しいかもしれない。しかし、起こるはずのない事柄を、拷問を受けるかのごとく待ち受けるまさにその消費こそが、逆に獣が姿を現わしたときに、不気味なほどの落ち着きをもって、それを受け入れるすべなのである。グレイディは断念して、ドアベルに耳を傾けた。ドアベルが鳴ったとき、その音は皮下注射のように、グレイディを除く全員（二階で手を洗っていたクライドは別として）の落ち着きに、素早い一撃を食わせた。グレイディはその瞬間、そこから出て行くあらゆる理由を持ち合わせてはいたが、みっともない真似はしないと決心した。それでアイダが「レベッカだわ」と言ったとき、彼女は天使に似せた道化の一団に向かって、こっそりと舌を突き出した。

第六章

翌日の月曜日は、忘れがたい酷暑の期間の初日となった。朝刊にはただ、晴れ、やや暑い、と出ていたが、正午までには尋常ではないことが明らかになった。いじめられた子供のように困惑し、絶望的な表情で、ランチからぶらぶらと戻ってきた会社員たちは、気象局に問い合わせし始めた。昼下がりにかけて、熱波が殺人の犠牲者の口をふさぐ殺人者の手のごとくに迫ってくると、ニューヨークはむち打たれ、のたうち回る一方で、この街の悲鳴は封じ込められ、活発な動きは妨害され、野望は行き場を失い、まるで干上がった泉、無用のモニュメントと化し、昏睡状態に陥った。熱風を浴びてだらりと枝を垂れたセントラルパークのヤナギ並木は、多くの死体が横たわる戦場のようだった。へとへとになった犠牲者の列は、静まり返った木陰で、うずくまるようにじっとしていた。一方、新聞社のカメラマンたちは、この惨状を伝えようとして、犠牲者たちの間を幽霊のように動き回っていた。動物園のネコ科の区画では、ライオンが苦しそうな咆哮を上げていた。

グレイディは目的もなく、部屋から部屋へと歩き回った。さまざまな角度から時計が意地悪なウィンクを放ってきた。どの時計も狂っていた。十二時を指すものがふたつ、ひとつは三時を指し、九時四五分を指しているものもあった。これらの時計同様、落ち着きをなくしたかのように、時がグレイディの血管の中をよどみなく流れていた——蜂蜜のようにドロドロと、一瞬一瞬が使い果たされることを拒んだ。窓の外からかすかに響いてくる、餌を求めてうろつくライオンの迫力ある咆哮のように、グレイディには正体不明の音が止むことなくおぼろげに聞こえてくるのだった。母親の部屋には、スパニッシュ・ゼラニウムのなつかしいピリッとした香りが漂っていた。ダイヤモンドをちりばめた衣装と、波打つ夕陽のきらめきを受けて輝くアーミンの毛皮のストールをまとったルーシーが、幽霊のように通り過ぎていくと、彼女のよそ行きの声がこう響いてきた。グレイディ、おやすみなさい。素敵な夢をみてね。そしてスパニッシュ・ゼラニウムの残り香が言った。笑い声。名声。ニューヨーク。冬。

グレイディは敷居のところで足を止めた。この緑色の荘厳な部屋は、ぞっとするほど乱れていた。夏の覆いは剥ぎ取られ、ひっくり返った灰皿が銀色の絨毯の上に転がったままになっていて、寝起きのままのベッドには吸い殻と灰が散らかっていた。シーツの中には、クライドのシャツが何枚かとパンツが一枚、それにルーシーのコレクションだった年代ものの美しい扇子が埋もれていた。週に三、四日、アパートに泊まるようになっていたクライドは、この部屋が気に入り、自分の部屋として使っていた。彼は、着替えの服をルーシー専用のクローゼットにしまっていた。それで彼のカーキ色のズボンには、スパニッシュ・ゼラニウムの香りがかすかに匂っていた。しかしグレイディは、この部屋がどうしてこれほどまでに侵略され、強奪されたような光景に変わってしまったのかが理解できないかのように、あっけにとられた表情を浮べて、その惨状を毒づいた。グレイディは、ただこう考えることができるだけだった。何か残酷なことがここで起こってしまって、それがあまりにも悲惨だから、私は決して許してはもらえないだろう。それから彼女は片づけようと思って重い腰を上げた。彼女はクライドのシャツを取り上げると、その場に立ち止まり、シャツの袖に頬をなでつけた。

クライドはグレイディを愛していた。たしかに愛していた。そして彼が彼女を愛する以前は、彼女はひとりでいることがまったく気になることはなかったし、ひとりでいることがとても好きですらあった。学校では、女生徒たちはみなお互いに恋愛相手をつくり、恋人同士のように連れ立って歩いていたが、グレイディはいつも独りだった。一度だけ例外があった。それは彼女がナオミの恋心を受けとめてあげたときだった。学者の雰囲気を備え、ナプキンリングのように平凡で保守的なナオミは、実際に韻を踏んだ情熱的な詩をグレイディのために書いたことがあり、グレイディはナオミに一度キスを許したことがあった。しかし、彼女はナオミを愛してはいなかった。人は嫉妬を感じないような相手を愛することなどめったにないものだ。グレイディは、どんな女の子にも嫉妬を感じることはできなかった。そうできるのは、男性に対してだけだった。こうしてナオミは、グレイディの意識の中で置き忘れられ、注意深く読まれることのなかった昔の手紙のように失われてしまった。グレイディは独りでいることが好きだった。しかし、それはルーシーが批判したような物憂げで意気消沈した時の過ごし方ではなかった。そんな時の過ごし方は、極度に家庭的で、生まれつき飼い慣らされてきた者の悪徳である。グレイディの体の中には、毎日がより険しい偉業と、より大胆な活動を必要とするような、不安定で、野性味あふれる活力が流れていた。警察官がグレイディの運転のことでマクニール氏に警告したことがある。グレイディは、メーリット・パークウェイで時速八〇マイル超のスピード違反で二度捕まったことがあった。グレイディは逮捕した警察官に、そんなにスピードを出しているとは思わなかった、と語ったが、それは嘘ではなかった。スピードは彼女を無感覚にし、心の中の明かりを消した。そして、とりわけスピードは、個人的に関わり合うことが不快に感じてしまうような感情の高ぶりを少し鈍らせてくれた。人が耳障りなキーを奏でたとしよう。するとグレイディは、さらに耳障りなコードを弾いて応じるのだった。スティーブ・ボールトンの場合がそうだった。クライドもそうだ。しかし、クライドの場合は、グレイディを愛してくれた。彼は彼女を愛してくれた。電話が鳴ってくれさえすればよいのだが。もし私が電話を見なければ、電話は鳴るかもしれない。実際、そんなときもある。それとも、クライドは二進も三進もいかない状況なのだろうか？　だから電話が鳴らないのだろうか？　哀れにもマンザー夫人はしくしく泣いていた。アイダは抗議の声を張り上げていた。そしてクライドは、帰れ、あとで電話するから、と言った。彼は、はっきりとそう言った。だが、針の止まったいくつもの時計と、窓辺でかすかに聞こえる熱に押し殺された物音の中で、一体、あとどれくらい耐えられるだろうか？　グレイディは崩れ落ちるようにベッドに倒れ込み、愁いに満ちた彼女の頭は、感覚を失って深く沈んだ。

「くそっ、マクニール、ベルは鳴らないのか。三〇分もここに立ちっぱなしなんだぞ」

「眠ってたの」とグレイディは、寝起きのむっつりとした目でピーターを見つめて言った。

彼女は玄関口でよろめいた。ピーターがいる間にクライドが訪ねてきたらどうしよう？　あらゆる可能性を考えても、彼らがかち合うような時間ではなかった。

「悪夢を見ているような目つきで僕を見ないでよ」そう言うと、ピーターは和やかな感じでグレイディを押しのけるように中に入ってきた。「もっとも、今の僕も、そんな気分なんだけど——こんな不快な日に、普通客車に揺られてきたんだ。新鮮な空気に二週間触れて、生き返った乗客たちばかりでさ。シャワー使ってもいい？」

グレイディは、強盗に押し入られたかのような母親の部屋をピーターに見られたくなかったので、彼よりも先に急いでホールを抜けていった。「そうだったわね。たしか、ナンタケット島に行ってたのよね」グレイディは、ふたりが彼女の部屋に入ったとき、そう言った。部屋に入ったとたん、ピーターは汗で張りついた縞模様のジャケットを脱いだ。「葉書が届いていたわ」

「そうだったっけ。僕は気の利いたことをしたもんだね。実はね。きみに来てほしかったんだ。何度も何度も電話をかけたけど、誰も出てくれなかったよ。僕たちは、フレディ・クルックシャンクのヨットで出かけたんだよ。とても楽しかった。カニに噛まれたのは災難だったけど——きみには見せられない部分を噛まれたんだ。それで思い出したよ。あっち向いてて。ズボン脱ぎたいんだ」

グレイディは、ピーターに背を向けて腰掛けるとタバコに火をつけた。「きっと楽しかったんでしょうね」彼女はこれまでの歳月、白い帆船が浮かぶ海辺の夏、ヒトデ、今年の夏とは正反対の夏を思い出しながら言った。「最後にあなたに会ってから、町を出ていなかったのよ」

「それははっきりと見て取れるよ。そう思わない？　きみ、ユリみたいに真っ白だよ。僕の美的感性からすると、少々、しめやかな感じだね」ピーターは得意げな口調だった。彼自身の、すっきりとして、とても手入れの行き届いた体は、紅茶色に日焼けし、髪は日に焼けて縞模様になっていた。「きみはアウトドア派だとばかり思ってたよ。それとも、それは、おてんば娘時代だけのことだったのかな?」

「ずーっと気分が悪かったの」とグレイディは言った。すでにバスルームに入っていたピーターは、間をおいて、深刻な問題か、と尋ねた。「そうでもないわ。暑さのせいだと思うわ。病気でないことはたしかよ」つい、昨日のことである。ブルックリンからの帰り道のことだった。グレイディは橋を渡って、信号で止まったのは覚えていた。「つい、昨日のことなんだけど、私、一時的に気を失ったの」そう話していると、彼女は自分の内部で何かがひっくり返り、崩れ落ちた。信号がグルグルと回り始め、目の前が真っ暗になったときの感覚に似ていた。それは一瞬の出来事だった。実際、信号が変わるか変わらないかの間だった。しかし、それでも、車のクラクションが一斉に鳴り響いた。すみません。彼女はそう言うと、車を急発進させた。

「聞こえないよ、マクニール。もっと大きな声で話して」

「大した問題じゃないの。ただの独り言よ」

「それも気分が悪いことの症状かい? 重症だね。ふたりとも、マティーニか何か、気分を和らげてくれるものが必要だね。甘いベルモットを混ぜちゃいけないこと、覚えてる? 何度もそう言ってきたのに、なかなか言うとおりにしてくれないんだから」

ピーターは濡れた体をピカピカに光らせ、すっかりリフレッシュしてバスルームから出てくると、注文どおりのマティーニが入ったカクテルのシェーカーを見つけた。『ファン・トゥ・ビィ・フールド』のレコードがかかっていて、夕焼けがガラス戸に反射し、絵葉書のように美しかった。「あまりのんびりとはしていられないんだ」と言うと、ピーターは脚載せ台のクッションに体を沈めた。「退屈な用件なんだけどさ。僕を雇ってくれるかもしれない人物とディナーの約束があるんだ。こともあろうに、ラジオ局の仕事なんだ」それで、ふたりは彼の幸運を祈って乾杯した。「僕の幸運を祈ってもらう必要はないよ。どっちみち僕は運のよい男なんだから。今に見てろよ。三〇歳になるまでには、どんなにちっぽけな仕事でも、ちゃんと成功を収めているから。有能で用意周到な人物になって、木陰で休みたいと思うようなやつをあざ笑ってやるんだ」ピーターはいい加減な気持ちでそう言ったのではなかった。カクテルをすすりながら、ピーターは賢明にかつ抜け目なく、その仕事はおそらく自分に起こり得るもっとも幸運な出来事だと考えていたのである。会う予定の人物を、彼が密かに、また、明らかに高く評価しているかのような彼の口ぶりからも、それは明らかだった。そして、花園の貴婦人、それはグレイディだった。クリスマスに真珠のネックレスが似合うピーターの妻だった。完璧な料理で客をもてなし、その上品な風貌が夫の評判を高める。それがピーターの期待するグレイディのイメージである。そして、グレイディが自分にもう一杯カクテルを注いでいる姿を見て、五年後の夕暮れにも同じ場面が繰り返されているのだと想像しながら、ピーターは、一度もグレイディに会わずに、そして電話もかけずに夏が過ぎ、やがて彼女が付き合っている相手との関係に疲れ果て、ピーター、あなたなの？　と言いながら自分の方へ振り向いてくれるその日を待ちわびて、重い足を引きずりながら過ごしてきたこれまでの日々を振り返った。そして、うん、僕だよ、とピーターは答えたかった。グレイディは、ピーターにカクテルを手渡したとき、ピーターの目にいわれのない不安が浮かんでいるのに気づいて戸惑った。それは、将来計画を語る際の元気あふれる表情とはまったくかけ離れた、口もとに浮かぶ貪欲さであった。グラスの脚のところでふたりの指が触れたとき、グレイディにはこんなばかげた考えが頭をよぎった。まさか、あなたは私に恋をしているの？　この疑問は、カモメのように彼女のそばをかすめ飛んだ。彼女はそれをすぐに視界から追い払った。それはあまりにも愚かな生き物だったからだ。しかし、それは繰り返し彼女のそばに戻ってきた。それで彼女は、ピーターが自分にとってどんな存在なのかを考えてみざるを得なくなった。彼女にはピーターの善意が必要だった。彼女はピーターの批評に敬意を払ってもいた。彼の意見は欠かせなかった。そして、ピーターの批評や意見が重要だったからこそ、グレイディは、今、クライドのことを半ば考えながら、そこに座っていた。だが、それは、クライドが訪ねてきたらどうしようと心配していたからではない。ピーターが意見を言ってくれたら、それによって、自分が何をしたのかということに気づけるのではないかと思ったからである。しかし、彼女にはまだ心の準備ができていなかった。部屋の中は次第に暗くなっていった。彼らの声の表面は穏やかで、しなやかで、風に揺れ、彼らのそばでそよいでいた。何を話すかは、さほど重要ではなかった。ふたりは、それだけで十分だったので、共通の言葉で共通の価値観を分かち合った。グレイディは言った。「ピーター、私と知り合ってどのくらいたつかしら?」

ピーターは答えた。「きみが僕を泣かせて以来だよ。誕生日パーティのとき、きみは僕のセーラー服にアイスクリームとケーキをたっぷり投げつけたよね。きみはまったく手に負えない子だった」

「で、今の私はすごく変わった? 今の私の本当の姿、あなたには見えてる?」

「いいや」ピーターは笑いながら答えた。「その点については、知りたいとは思わないね」

「私のことが好きじゃないから?」

「もし僕にきみの本当の姿が見えてると主張すれば、僕はきみのことをさっぱり忘れてしまうことになるだけさ。きみって、浅はかで、退屈なやつだと思うのがオチさ」

「もしかしたら、もっとひどいかもしれないわよ」

ピーターのシルエットが、次第に濃さを増す緑色のドアを背にして動いた。彼の笑みは、公園の街灯のように徐々に消えていった。彼は、グレイディは不誠実だなと感じたために、ぼんやりとした葛藤に襲われたのだった。ふたりはまるでシーツにくるまって殴り合っているふたつの人影のようだった。グレイディは、僕が彼女を責める原因がなぜ彼女にあるのか、その理由を自ら説明しないまま、僕の非難から逃れたいと望んでいる。「退屈よりも、もっとひどいのかい？」ピーターは笑顔を強めて言った。「そうだとすれば、僕の幸運を祈ってくれたのは正解だったね」

その後、間もなくして、暗くなった部屋にグレイディをひとり残してピーターは帰っていった。その部屋は、一瞬で空を駆ける稲光で、時折、パッと明るくなった。グレイディは、今にも雨が降り出すだろうと思ったが、雨は降らなかった。そして、今にもクライドが訪ねてくるだろうと思った。しかし、彼は来なかった。彼女はタバコに火をつけたが、くわえたまま、その火は消えた。いらだちと苦悩の時間が過ぎていった。グレイディは耳を傾けたが、時は過ぎるばかりで、クライドが来る気配はなかった。真夜中を過ぎた頃、グレイディは階下に電話をかけ、ドアマンに彼女の車を玄関先に着けておいてほしいと頼んだ。稲妻が雲から雲へと走った。不吉な音なきメッセージだ。車は、外れたボルトのように町の郊外を全速力で走り抜け、寝静まった単調な村々を通り過ぎた。日の出頃、海がぼんやりと見えてきた。

ほっといてくれ。クライドはアイダが駐車場に彼を探しにきたとき、彼女にそう告げた。

あんたって、大したやつね。自分の母親を殴っちゃうなんて。母さんは悲嘆に暮れて寝込んじゃったわ。ベッキーも哀れなもんよね。彼女のお兄さんがあんたをぶっ殺すって言ってたらしいわ。あんたに警告しておきたいの。ただ、それだけよ。クライドは母親を殴ったりしていなかった。アイダは事態を悪くしようと思ってそう言っているだけだ。それとも俺は本当に母さんを殴ってしまったのだろうか？　クライドは玄関にペテン師たちが勢揃いしているのを見たとき、一瞬、その場で分別を失ってしまった。そして彼は、彼らにとんでもない仕打ちをしてしまった。こいつは俺の妻なんだ。彼はそう言ったのだ。すると彼らは、あろうことか、クライドが今後この家に足を踏み入れようものならば・・・、などと騒ぎ立てる始末だった。クライドは、家族の者たちが自分にしがみつく理由がわかっていないかのように、上等だ、給料が余計に手元に残ればそれに越したことはない、と応じた。愛がどうしたというんだ。あいつらはアンを愛してあげただろうか？　ただし、もし自分が母親を殴ったのであれば、それは申し訳ない。彼はそうでないことを神に願った。子供の頃、クライドはチョコバーを盗んでくると、いつも母親のところにそれを持っていった。ふたりはそれを冷蔵庫で冷やして、小さな破片に切り分けた。私のクライドは天使なの。ママにチョコバーを買ってきてくれたの。私のクライドは有名な弁護士になるでしょう。マンザー夫人は、クライドが駐車場で働くのが好きだと考えただろうか？　常に、有名な弁護士だったり、有名な何かになる可能性を秘めているのに、ただ、自分を困らせるためだけに息子はそんな仕事をしているのだと考えただろうか？　母さん、いろんなことが起こるものだよ。そして、グレイディ・マクニールはそのひとつだった。だが、グレイディの方はどうなのだろう？　彼女は玄関から出て行ったきりだった。その時が、彼が彼女を見た最後だった。バブルは言った。電話はやめとけ。小銭を無駄づかいするな。彼女は怒っているだけだ。しかし、グレイディは怒ってはいなかった。だから、クライドがあの晩、姿を見せなかったのがその理由でないとしたら、彼女が怒っている理由は他には考えられなかった。それでクライドは、バブルが働いているバーへ出かけ、落ち着かない時を過ごした。バブルは言った。いいか、たまには、お前にも独りになる時間が必要だ。彼女がお前と結婚生活を続けたいのなら、ふたりで新しい暮らし方を見つけなくちゃな。クライドは、まずグレイディにアパートから出てもらいたかった。彼は、二八番通りに二部屋からなる住宅があるのを知っていた。ところで、グレイディはどこにいるのだ？　もう、じっとしてろよ。バブルは言った。バブルは三〇歳を過ぎた、風変りなナイトクラブのバーテンダーだった。クライドが軍隊時代に知り合った友人で、名前のとおり、顔は真ん丸く、禿げていて、怒りっぽい性格だった。

熱波襲来から四日目の朝、クライドは目を覚ますと、自分のそばに腕の感触があった。彼はグレイディと一緒に目覚めたと錯覚し、胸が高鳴り始めた。なあ。彼はさらに体をすり寄せながら言った。会えなくて、本当に寂しかったぜ。バブルは大きな鼾をかいていた。それでクライドはバブルを押しのけた。クライドは山の手の辺鄙なところにあるバブルの家具付きの下宿に身を寄せていた。階下には中国人が営むクリーニング店があり、通りでは、夏の暑さにへたばった子供たちが、いつも、チンク！　チンク！　と大声を上げていた。また、手回しオルガン弾きが姿を見せる朝もあった。クライドは、今、その通りにいた。彼の一セント銅貨は、主婦が舗道に放る小銭のように、チャリンと音を立てた。クライドはグレイディが恋しかった。色鮮やかな風船や花売りのワゴンを見ると、彼女のいない寂しさが身にしみた。クライドはベッドのずっと端まで転がった。彼は、彼女のイメージを思い浮かべながらそこに横たわり、手を股間へと伸ばして陰部をさすった。いい加減にしろ。バブルは言った。人の睡眠を邪魔するな。クライドは恥ずかしくなって、手を引っ込めた。しかし、グレイディへの思いは、揺らめき、目的が遂げられないまま、消え去ることはなかった。そしてクライドは、ひとりの少女のことを思い出した。ドイツで見た女の子だ。晴れて、雲ひとつない春の日だった。クライドは田舎を散歩していて、澄んだ小川にかかった橋を渡っているとき橋の下を見おろすと、そこにはまるで水中を駆けているかのように、馬車に繋がれた二頭の白馬が見えた。白馬の手綱は少女の両腕にからまり、少女の溺れて歪んだ顔は、波打つ水面の下で微光を放っていた。クライドは、手綱を切って少女を自由にしてあげようと思って服を脱いだが、怖くなってしまった。グレイディが生きたまま放っておかれたのとは違って、その少女の影は、揺らめき、目的が遂げられないまま、なすすべもなく水中に放っておかれた。

クライドは静かに自分の服を寄せ集め、こっそりとドアの外に出た。ホールには公衆電話があった。彼はグレイディの番号をダイヤルしたが、相変わらず誰も出なかった。子供たちの一群が、玄関口の階段のところで、クライドに群がってきた。ねえ、おじちゃん、タバコちょうだい。クライドは肘を振りながら、子供たちをかき分けるように進んでいった。すると、虫食いの穴があいた水着姿の痩せて生意気な女の子が、ねえ、おじちゃん、ズボンの前チャック閉めてよ、と言って、そこを指さしながらクライドのあとをついてきた。くそっ。クライドはそう言うと、女の子の両肩をつかんだ。女の子の髪はアサガオのように広がり、翻った。女の子の顔は恐怖で青ざめ、川に溺れた少女の顔のように、波打っているように見えた。その表情は、クライドが自分の顔を見つめるときと同じように、グレイディの顔全体をしっかり見ようとすると霞んでしまうのと似ていた。クライドの両手から力が抜け、彼は通りを駆けていった。そのうしろから、子供たちが、攻撃する相手を選べ、と叫び声を上げた。自分がとてもちっぽけで、卑劣な人間だと感じているというのに、一体、どんな相手を選べというのだ。

クライドは、ホワイトキャッスルのカウンターに座ると、オレンジジュースを注文した。暑すぎて、それ以外の飲み物は考えられなかった。だが、彼は暑さが嫌だったわけではなかった。なぜならば、これほど暑い天候ともなると、住民の半数がニューヨークを離れるために、クライドは、残り半分の住民と同じほど、この街を自分のものと感じることができたからだ。オレンジジュースを待っている間、彼は袖口をまくり上げ、手首にブレスレットのように入れた彫りたてでズキズキと痛むタトゥーを眺めた。それは前夜、ガンプと町で大騒ぎをしていたときのことだった。ガンプはクライドにマリファナのタバコを一、二本吸わせると、いつもとんでもないことを思いつくのだった。たとえば、しゃれたタトゥーを無料で彫ってくれるやつを知ってるぜ、などと言い出すのだ。ガンプは、たしかに大した人物を知っていた。その人物は、パラダイス横町の給湯設備のないアパートに住んでいた。その男は、六匹のシャム猫とメイベルという名前の剥製にされたニシキヘビと一緒に暮らしていた。あんたらのお婆ちゃんが生きていた頃には、このメイベルもまだ生きていたんだ！　オレたちは、のぼせもんグループだった。陽気で、愉快で、誰もがオレたちのファンだった。その中には、国王も何人かいたし、女王たちはみんなそうだったぜ。どんなもんだい。オレたちは世界中を行脚して、躍りまくったもんだ。ロンドンではな、十二週間、〈ウォルドーとシニストラ〉っていう芸名で興行をやったぜ。シニストラってえのは、メイベルの芸名なんだ。かわいそうに、メイベルは、あの最悪な航空会社の件がなかったら、今のこの瞬間も生きていたんだが。不愉快千万とは、このことだ。実はな、やつらはどうしてもメイベルを飛行機に乗せようとしなかったんだ。タンジェでのことだ。オレたちは、急遽マドリッドに招かれたもんだから、オレはメイベルを体に巻きつけて、その上にコートを羽織ったんだ。スペイン上空辺りで、メイベルがオレを締めつけ始めたときまでは、万事うまくいっていたんだ。窒息死しそうなメイベルの気持ちはわかるよ。ところが、半端ない苦痛が襲ってきやがった。メイベルが、だんだんきつくオレを締めつけたもんで、ついにオレは気を失った。それで、やつらがメイベルをナイフで半分に叩き切ったんだが、そうでもしなけりゃ、オレの体が自由にならなかったなどと、やつらはほざきやがるんだ。あの虐殺者たちめ！　ああ、そうだったな——旗かい？　花かい？　彼女の名前かい？　ちっとも痛くはないぜ。しかし、実際には痛かった。G—R—A—D—Y。グレイディの名前のアルファベットが青と赤で彫られ、線で結ばれていて、今も燃えるようにヒリヒリと痛んだ。それでクライドはベビーオイルをひと瓶買い、五番街を走るオープントップバスの座席にすわって、オイルを手首にすり込んだ。クライドはフリック美術館のそばでバスを降りた。彼は公園側の木陰をダウンタウンの方へと歩いて行った。彼は視線を四角いダイヤモンド型の敷石の上に注いだ。それは、人が落した貴重品やお金を探そうとする彼の昔からの癖だった。二度、彼は指輪を見つけたことがあった。二〇ドル紙幣を見つけたことも一度あった。そして今日は、立ち止まると彼は五セント白銅貨を拾った。クライドは背筋をしゃんと伸ばして、通り向かいに目を向けた。彼は目的地に着いていた。マクニール家のアパートがある建物の正面である。

ブタケツ野郎の何とご立派なこと。例のドアマンは、燕尾服姿で、コットンの手袋をはめている。こいつは自分を何様だと思っているのか？　ハトみたいに丸くふくれやがって。あのー、残念ながら、ミス・マクニールはご不在です。あのー、いいえ、メッセージはお預かりしておりません。だが、クライドは、そのドアマンを打ち負かすことはできなかった。彼にできるのは、せいぜい、このろくでなしの背中めがけてこっそりと唾を吐きかけることぐらいだった。クライドはもう一度通りを横切ると、肩をいからせて、木陰を探しながらゆっくりと歩いていった。すると小柄なレスリーが現われた。ピンク色の頬と感傷的な感じの口もとが特徴の、ケルビム《智天使》に似た例のエレベーター・ボーイである。レスリーは木陰を駆けてきた。あの—、すみません。彼は愛くるしい目をして言った。実は、僕、グレイディさんの居場所を知っています。でも、僕から聞いたって、ドアマンには言わないでくださいね。そしてレスリーは、ドアマンがイースト・ハンプトンの姉宅にいるミス・マクニールに、いつも郵便物を転送していると教えてくれた。クライドが彼に五〇セント硬貨を差し出したとき、レスリーは気分を害したようだった。じゃあ、お前は俺にどうしてもらいたいんだ。キスか？　クライドは言った。すると、この小柄なレスリーは、後ずさりしながら、怒りを込めて、こう言った。誰に向かって、そんな口きいてるんだよ？

クライドは、陽差しが照りつけて焼け焦げた砂利敷きのこの駐車場にいると、気が狂いそうだと思った。しかも、午後は油っぽい気泡が爆発することなく辺りを包み込んでいる。そこへガンプが、本物のハバナ産葉巻を何本かとジンのボトルを持って現われた。ガンプは休暇中だった。ふたりは駐車場の掘っ立て小屋の中で腰をおろし、ガンプの差し入れを楽しみながら、ふたりポーカーをした。クライドはゲームに集中できないまま、二十二連敗した。それで彼はトランプを放り出し、むっつりとした表情を浮べて戸口に寄りかかった。日暮れどきの影が、波のように押し寄せてきては揺らいだ。クライドは夜が迫りつつあるのを知り、こう言った。なあ、俺とちょっと旅に出ないか？　クライドは独りで行くのが怖かったのだ。

この波も、しおれた花びらを砂の上に散らすこのシー・ローズも、目の前のすべての場面は永遠に繰り返されるのだろう。私が死んでも、これらは生き続けるのだ。グレイディはこの現実を恨んだ。彼女は砂丘の小山の間で立ち上がり、太腿にスカーフを引き寄せたが、再び、ずり落ちるままにした。辺りには裸の彼女を見る者はいなかったからだ。そこは砂粒の粗いプライベート・ビーチで、自然のまま長く広がり、流木の朽ちかけた木片が散乱していた。上流階級の人びとは、クラブ・ビーチの方を好み、このビーチを利用しなかった。もっとも、アップルと彼女の夫のように、この海岸沿いに家を建てた者もいたのではあるが。グレイディは、毎朝、朝食後にランチボックスを準備し、太陽が水平線上に沈みかけ、砂が冷たくなるまで砂丘の小山の間で人目につかぬよう過ごした。彼女は時どき、水際にたたずみ、波の泡が足首を洗うがままにまかせた。彼女はこれまで海を疑ったことはなかった。しかし、今は、波が打ち寄せる合間に逃げ出したいと思うたびに、波が牙と触手を忍ばせているような気がした。彼女は、海に向かって進んでいけないように、混み合った部屋の敷居をまたぐこともできなかった。アップルは、人に会ってみてはどうかとグレイディに勧めることをすでに諦めていた。姉妹は、この件で二度、口論となったことがある。そのうちの一度は、グレイディがメイドストーン・クラブでのダンスパーティに参加するために身支度を済ませていたにもかかわらず、気が変わって行くのを拒んだときだった。アップルは言った。医者に診てもらったらいいんじゃない？　グレイディは、すでに診てもらった、と言おうと思えば言えた。彼女はサウサンプトンで開業医をしているピーターのいとこのアンガス・ベル医師に診察してもらっていた。その後グレイディは、ほぼ妊娠六週間だと聞いて、自分がうすうすその事実に気づいていたのだと思った。グレイディは自宅で医学書をみつけ、夜、ゲストルームに鍵をかけ、指を握り締めた鉛色の胎児、紐状の血管、ベールのような皮膚、心臓の根っこ辺りにぶら下がって、眠って閉じているような凝縮した目の画像を見つめた。いつだったのだろうか？　どの瞬間だったのだろうか？　雨の降るあの午後だったのだろうか？　彼女は、そのときだったに違いないと思った。彼女は、あれほど素晴らしい瞬間をそれまでに体験したことがなかった。冷たい影のような雨から逃れて、ふたりはそこに横たわっていた。クライドはベッドカバーを蹴り返し、瞼が閉じるときの静けさ以上に優しくグレイディと体を合わせた。もし私が死んでも（グリニッチにいた頃、グレイディはリザ・アッシュの噂をよく聞かされた。みんなに愛されたリザは、あらゆる歌曲の歌詞を覚えているような人物だった。そのリザ・アッシュは、地下鉄のトイレで、出血多量のために亡くなっていた）このようなことはずっと続くのだ。潮流に運ばれる貝殻も、はるかかなたに浮かび、さらにそのずっと先を目指して航行する船も。

いや、徐々に近づいてくる船もあった。アップルが受け取ったばかりの手紙によると、彼女の母親と「あなたの哀れな父親」は九月十六日にシェブールを出港するらしい。つまり、両親は一ヶ月以内に帰国するのだ。「グレイディは家を散らかし放題にしているはずだから、フェリーさんに田舎から出てきてもらうよう、グレイディに連絡してもらってちょうだい――やっぱり、フェリーさんにすべてを託しておくべきだったわ――カンヌの別荘を貸していたドイツ人が、やりたい放題の使い方をしていたのを見たばかりだから、似たような混乱状態を見るのが耐えられないの。本当に信じられない有様よ。もうひとつ、お願い。グレイディにドレスが見事に仕上がったって伝えてちょうだい。本当に信じられないほど素晴らしい出来栄えよ」

ついにその時が訪れた。私は何をしてしまったのかしら、と問う瞬間である。グレイディにとって、それは、その日の朝食の際、アップルが手紙を読み上げ、ドレスのくだりに差しかかったときだった。グレイディは、自分がドレスを望んでいなかったことを忘れてはいたが、もうドレスを着ることはないのだと確信し、私は何をしてしまったのかという、今までにない謎めいた悲嘆の階段を逃げるように駆け下りた。海も同じ問いを投げかけてきた。敏感なカモメも同じ問いを繰り返した。人生の大半は単調すぎて、議論にも値しない。すべての年代の人にとってそうだ。人がタバコの銘柄を変えたり、引っ越しをしたり、別の新聞に予約購読を切り換えたり、恋をしたり失恋したりするのは、浅はかな理由であれ深刻な理由であれ、日々の暮らしの単調さを解消できないことに対する異議申し立ての気持ちの表われである。不幸なことに、どの鏡も当てにはならず、どんな冒険の場合も、ある時点では同じ空ろで不満足な顔を映し出す。だから、私は何をしてしまったのかというグレイディの自問は、大抵の人がそうであるように、私はどうしたらよいのだろうかという疑問に他ならない。

陽は傾きかけ、グレイディは、アップルの幼い息子の誕生日パーティでゲームを準備する予定だったことを思い出した。彼女はさっと水着を身につけ、開けた浜辺に向かおうとした。そのとき、二頭の馬が波打ち際をゆっくりと駆けているのが見えた。馬には青年と、風になびく黒髪のキリッとした女の子が乗っていた。グレイディは彼らを知っていた。前年の夏、彼らとテニスをしたことがあったのだ。しかし、今、彼女は彼らの名前を思い出せなかった。P何とかという名前で、躁の傾向がある若者のたぐいだった。なかなかチャーミングで、特に若妻の方はそうだった。彼らは興奮気味の喚声を同時に上げながら、風上へと馬を走らせ、猛スピードで逆戻りしてきた。びしょ濡れになった馬は、ガラスのようにキラキラと輝いた。彼らは、グレイディが身を潜めて横たわっている場所の近くで馬から降り、馬たちを跳ね回るままにさせて、砂丘の小山に這い登ると、楽しそうな笑い声とともに、背の高い草に覆われた凹みに倒れ込んだ。それから静かになった。カモメが音もなく滑るように飛んだ。海風が草をそよがせた。グレイディは、彼らがふたりの幸運を祈る人びとに護られて、そこで抱き合っているのだろうと想像した。グレイディは、自分がそばにいることを彼らに気づかせようという意地悪な思いに駆り立てられた。彼女は立ち上がると、彼らの真横を通り過ぎていった。自分の影が翼のようにふたりをかすめれば、彼らの快楽を台無しにできると思ったのだ。そのもくろみははずれた。というのも、P何とかという名前のふたりは、彼らの幸運を祈る人びとのお蔭で、どんな影にも気づかなかったからである。グレイディは、彼らの勝利に元気づけられて浜辺を駆けていった。自分たちの世界に没頭する彼らの様子に、自分の将来がどうにか耐えられそうな可能性を感じ取ったからである。そして砂浜から家に伸びる階段を駆け上がりながら、グレイディは、意外にも自分が子供たちとの誕生日パーティを楽しみにしていることに気づいた。

グレイディは階段を昇りきったところで、ちょうど降りて来ようとしていたアップルとはち合わせた。ふたりはハッとし、数歩間隔をあけ、無作法に相手をじっと見つめた。グレイディは言った。「パーティはどんな様子？　遅れたのならごめんなさい」しかし、アップルは、ふたりがはち合わせたために ネジが緩んでしまったかのように、イヤリングのネジをやけに几帳面に締め直しながら、あたかも相手がグレイディだと思い出せず、実際、お互いに自己紹介が必要であるかのような目つきで妹を見つめた。その視線には、グレイディを警戒させる効果と油断させる効果の両方があった。「本当に、遅れたのならごめんなさい。急いでドレスに着替えてくるから」

アップルはグレイディを引き止めて、こう言った。「ビーチでトーディに会わなかった？」トーディ《ヒキガエル》とは、アップルの夫のジョージにつけたとてもひどいニックネームだった。「トーディはあなたを探しに出かけたのよ」

「私とは別の道を通ったに違いないわ。それはそうと、私を探しに出かけたって、ちょっと変じゃない？　帰ってきたら、パーティのお手伝いをするって約束していたのに」

アップルは言った。「パーティのことなら、心配する必要はないわ」アップルの口の両端が不穏に引きつった。「子供たちなら、帰宅させたわ。ジョニーちゃんは、胸がはりさけるほど泣いてるわ」

「とてもじゃないけど、それは私のせいじゃないでしょ」とグレイディは自信なさそうに言うと、間をおいた。「と言うか、なぜ私を脅かしてるの?」

「私が? それは逆じゃない。つまり、あなたはなぜ私を脅かしてるのよ?」

「え?」

それからアップルは、言いたいことをはっきりとグレイディに伝えた。「クライド・マンザーって誰?」

道沿いの茎から引っこ抜いたヘスペランサの花が、グレイディの拳の中でバラバラになり、色鮮やかな花びらが、捨てられた映画館の半券のように散らばった。グレイディはかなり間をあけたのちに、こう言った。「どうして知りたいの?」

「つい二〇分ほど前に、その人からあなたの夫だと伝えられたからよ」

「誰が姉さんにそう言ったの?」

アップルは単に「本人がよ」とだけ答えた。しかし、アップルのかわいい小さな顔は、突然、哀れな表情に変わった。「その人は、ニューヨークからタクシーで来たわ。連れの男も一緒だった。ネティがふたりを中に入れたの。多分、パーティ関係の業者とでも思ったのでしょう――」

「で、姉さんは彼に会ったのね」とグレイディは穏やかに言った。

「その人はあなたを訪ねて来たの。背の低い方の男よ。それで、私は、実際のところ、あなたがその人と知り合いだとは思えなかったから、妹のお友達ですか?って訊いたの。するとその人は、いいえ、友達ではありません。私は彼女の夫です、って言ったのよ」そこで会話は途切れた。波の音が静寂を揺らした。それから、ふたりともお互いの視線を避けて、散ったヘスペランサの花びらを見つめていたが、アップルが、それは本当か、と訊いた。

「私たちが友達ではないっていうことが? ええ、友達ではないと思うわ」

「ねえ、お願い。私は怒ってはいないのよ。本当に怒っていないわ。でも、ちゃんと説明してちょうだい。あなたは何をしたの?」

あなたは何をしたの? 私は何をしたの? こんな問いが、洞窟の中のこだまのように響いてきたが、まったく無意味な問いに帰した。グレイディは、誰かに腹を立ててもらった方がよほどましだと思った。そのような場合に備えた覚悟はできていた。「でも、姉さんは大ばかね」とグレイディは驚くほど自然な笑い声を上げて言った。「ピーターのつまらない冗談よ。クライド・マンザーは、ピーターの大学の友達よ」

「あなたの言うことを信じるとすれば、私はたしかに大ばかよ」とアップルはルーシーに似た口調で言った。「単なる冗談のせいで、私がジョニーちゃんの誕生日パーティを台無しにするとでも思ってるの？　間違いなく、あの人はピーターの大学の友達なんかじゃないわ」

グレイディはタバコに火をつけて岩の上に座った。「もちろん、姉さんの言うとおりよ。実のところ、ピーターはその人に会ったこともないわ。その人は、駐車場で働いているの。今年の四月に、その駐車場で出会ったの。結婚してまだふた月もたっていないわ」

アップルは小道を少し進んだ。グレイディの声が聞こえていないようだったが、やがて彼女はこう訊いた。「誰もそのことを知らないの？」アップルはグレイディが頭を横に振るのをじっと見た。「だとすれば、人に話す道理もないわね。当然、法的に正当性がないもの。そもそも、あなたは十八歳になっていないし、二十一歳でもない。ジョージだって、きっと、法的に正当性がないっていう意見に賛成してくれるはずだわ。なすべきことは、冷静さを保つことよ。どうすればよいかは、ジョージがちゃんと知ってるわ」アップルの夫が、浜辺からふたりに手を振った。するとアップルは、夫の名前を呼びながら、階段へと急いだ。

グレイディには、ジョージの後方に馬たちが見えた。蹄を波に叩きつけるその様子は、サーカスの馬のように見事だった。そして彼女は馬たちが象徴する明るい兆しを思い出して、アップルの手首をつかんだ。「ジョージには言わないで！　ピーターの冗談とだけ言ってちょうだい。お願いだから、私の言うとおりにして。数週間が必要なの。お願い、アップル。その間だけ、待ってほしいの」姉妹はバランスを取ろうとしてお互いにしがみついた。アップルは小声で言った。「やめて」その声は消え入りそうだった。「手をどけて」しかし、グレイディがアップルから手を振りほどこうとすると、実際にはアップルの方が、自分にしがみついているのがグレイディにはわかった。そして、グレイディは、自分に迫り来る場面の気配に息苦しさを覚え、身もだえするようにアップルの抱擁から逃れた。馬たちは前方へと突進していた。ジョージは階段を昇ってきていた。クライドは自分の近くにいるのだと彼女は感じた。「アップル、約束するから。三週間だけ待って」アップルはグレイディから向きを変え、家の方へ歩いていった。「あの人、ウィンドミルであなたを待っているわ」アップルは振り返らずに言った。水しぶきが海面上に立ち上った。馬たちの姿は霞んでしまい、鳥たちのように駆け抜けていった。

木綿更紗の水車のアップリケがついたエプロン姿のウエイトレスは、テーブルに二杯のビールを置いてランプを点けた。「夕食でのご来店ですか?」ポケットナイフで爪を切っていたガンプは、爪の一片をウエイトレスに吹きかけた。「どんな料理があるんだ?」

「ケープコッドの牡蠣、ニューオーリンズ風の小エビ、ニューイングランド風のクラムチャウダーからスタートするメニューがございますが――」

「クラムチャウダーにしてくれ」とクライドはウエイトレスを黙らせるためだけに言った。ガンプもそれで文句はなかった。ガンプは彼らが乗ってきた、のらくらと走るロングアイランド線の普通電車でマンガを読んだり、女の子たちをからかったりして、楽しく過ごしたからだ。一方、クライドは、まるでローラーコースターに乗っているかのようにずっと座ったままだった。一度、電車が停車したとき、一羽の蝶々が開いた窓からヒラヒラと車内に舞い込んできた。クライドはそれをペパーミント入りキャンディーの袋で捕まえた。その袋はクライドの目の前のテーブルの上に置いてあった。それはグレイディへのプレゼントだった。

グレイディがドアを閉めると、ドアベルがジャリンジャリンと鳴った。グレイディの目に飛び込んできたクライドの顔は、明かりのもとで見ると、以前よりもほっそりとして、逞しさを欠いていた。顔に見覚えのない誰かが、彼女と握手した。ガンプだった。彼は、汚れた肌の、痩せて長身の青年で、シミーを躍るフラダンサーが派手にプリントされたサマーシャツを着ていた。グレイディはクライドの顎の無精ひげを頬に感じた。「わかってるわ。わかってるわ」彼女はそう言って、クライドの詫びるようなささやきを避けた。「今、話すようなことではないわ。こんなところで」

「ちょっと、誰が払ってくれるのよ?」ウエイトレスはチャウダーの入ったボールを振りながら言った。すると、クライドとグレイディのあとから店を出ようとしていたガンプが「姉さん、オレんところへ、請求書を送っといてくれ」と言った。

三人はみな、グレイディの車の前座席にすっぽりと収まった。クライドが運転し、グレイディは彼らの間に座った。グレイディの緊張した面持ちのせいで、会話しづらい空気が流れた。彼らは黙ったまま車を走らせた。車はカーブを曲がるたびに、タイヤ痕を残した。グレイディはよそよそしくするつもりはなかった。どちらかと言えば、多分、落ち込んだり、問題が解決したりの連続で無感情になってしまったのであろうが、どんな意図もなかったし、ほとんど無感覚だった。オレンジ色の月が飛行船のように昇りかけていた。車のライトに、猫の目のように反射するガラスをちりばめた道路標識が、ニューヨーク、九八マイル、八五号線、と表示していた。

「眠いか?」とクライドは訊いた。

「ええ、とても眠いわ」とグレイディは答えた。

「そんなときにピッタリなものがあるぜ」ガンプは封筒の中身を手の平に出した。十本余りのタバコの吸いさしだった。「ただのマリファナの吸いさしだが、オレたちを生き返らせてくれるぜ」

「ばか言え、ガンプ。そんなもの、しまっておけ」

ガンプは「くたばりやがれ」と言うと、吸いさしに火をつけた。「ほら」ガンプはグレイディに言った。「こんなふうにやるんだ」彼は煙を食べ物でもあるかのように飲み込んだ。「一服やってみるか？」グレイディは、看護師が持ってきたものが何かを尋ねもしない無気力な患者のようにタバコを受け取り、クライドがそれをひったくるまで、持ったままだった。グレイディはクライドがそれを投げ捨てるのだろうと思った。クライドはそうせずに、自分が吸った。「よさがわかったようだな――ドクター・ガンプからハイな気分にしてもらいな」吸いさしが、今度はひとりに一本ずつ配られた。誰かがラジオをつけた。〈レコード音楽の時間となりました〉吸いさしの先端がボーッと光を放った。彼らの顔は昇ったばかりの月のように、穏やかになった。〈カヤックに乗ってクインシーかナイアックに行こう。日常の煩わしさから逃れて旅に出よう〉「気持ちいいかい？」ガンプは言った。グレイディは何も感じないと答えたが、彼女から忍び笑いが漏れた。するとガンプは言った。「そうそう、その調子。そのまま続けて」クライドが言った。「お前へのプレゼントを置き忘れてしまった。お前のために持ってきたプレゼントだったんだが。キャンディーの袋に入れていた蝶々だったんだ」それを聞いて、グレイディは笑った。魚のあぶくのように忍び笑いが湧き上がり、大きな笑い声となってはじけた。そして笑ったまま、グレイディは頭を左右に振った。「やめて！　やめて！　おかしすぎるわ」何がおかしいのか、誰にもわからなかった。にもかかわらず、全員が笑いで身もだえした。クライドの場合は、まともに運転ができなかった。自転車に乗った少年が、突進してくる車のヘッドライトに目がくらんで傾き、フェンスに突っ込んだ。しかし、仮にその少年を殺してしまったとしても、彼らの笑いは止まらなかっただろう。彼らはそれほど浮かれ騒いでいた。グレイディの首に巻いたスカーフが緩んで、暗闇の中でたなびいた。それからガンプが封筒を取り出して、「もう一服やろうぜ」と言った。

赤い灯明のようなもやが、ニューヨークに垂れ込めていた。しかし、彼らがクイーンズボロ・ブリッジを猛スピードで渡ったとき、突然全貌を現わしたこの街は、ひとつひとつの塔が色鮮やかに砕け落ちていくローマ花火のように、壮大な姿を見せた。そして「私、ダンスがしたいわ！」とグレイディは大声を上げ、この官能的なまでのスカイラインを賞賛した。「靴を脱いで、踊りたいの！」ペーパー・ドールは、イースト三〇何丁目かの横町にある粗末ながらくた倉庫だった。クライドはふたりをそこへ連れて行った。そのクラブでは、バブルがバーテンダーをしていたからだ。バブルは彼らが入ってくるのを見ると、舌打ちしながら近寄ってきた。「気でも狂ったのか？　その娘を外に連れていけ。マリファナが回っちまってるじゃないか」しかし、グレイディは帰るつもりはなく、不眠不休のイルミネーションとこざかしげな顔を喜んで受け入れた。クライドは彼女をダンスフロアに連れていってあげなければならなかった。しかし、そこはダンスをするには狭すぎたし、騒がしくもあった。ふたりは、ただお互いにしがみついていているだけだった。

「あれからずっと、俺はお前から見捨てられたと思っていたんだ」とクライドは言った。

「人は他人を見捨てるんじゃなくて、自分自身を見捨てるものよ」とグレイディは言った。

「ところで、あなたはもう大丈夫なの？」

「うん」とクライドは言った。「もう、大丈夫だ」そして彼は、ワンステップ、ツーステップと慎重にグレイディをリードした。ふたりのために演奏してくれたのは、奇妙な取り合わせの三人組だった。絹の衣装をまとった中国人の青年（ピアノ）、女性教師を連想させるスチールのめがね越しに上品ぶって目をこらす黒人の女（ドラム）、それに頭上から射す青白いライトを浴びて、つやつやと光り輝く頭を震わせている長身で漆黒の女の子（ギター）の三人組だった。どの曲も代り映えしなかった。彼らの伴奏は、ゼリーのようで、ジャズっぽく、水中から聞こえてくるようだった。

「もうダンスはよさそうだな」とクライドは三人組がセットを片づけようとしたときに言った。

「ええ、そうね。でも家には帰らないわ」とグレイディは言い、ガンプが用意してくれていたテーブルまでクライドに連れていってもらった。

ギタリストが彼らのテーブルにやってきた。「私はインディア・ブラウンよ」と彼女は言うと、グレイディに手を差し出した。その手は高価な手袋のような感触だったが、指はバナナのように太くて長かった。「バブルがあんたを化粧室に連れていけ、だって」

グレイディは言った。「バブル、バブル、バブル」

その黒人の女の子は、テーブルにもたれかかった。彼女の目には、黒水晶の石片のような薄い皮膜が張っており、グレイディには無関心といった目つきだった。彼女は陰謀を企んでいるかのようなかぼそい声でこう言った。「あんたたちが何をしようとしていようが、私には知ったことじゃないけど、カウンターの端っこ辺りに、太った男が座っているでしょ？　居場所を突き止めたんだわ――南京錠をかけるタイミングを見はからっているのよ。若い方の男が『あの子だ』とつぶやいたら、私と一緒に外に逃げ出すのよ。よろしく」

つぶやき？　グレイディの頭の中では、単調なメロディーが不安定に流れていた。そして彼女の視線は、太った男に焦点があった。男はビールのグラスの縁越しにグレイディを凝視していた。男の隣にはシアサッカー地のスリムなスーツを着た日焼けした青年が立っていた。青年は酒を手にして横歩きににじり寄ってきた。「荷物をまとめて、マクニール」青年は、とても高いところから話しかけてきているように言った。「そろそろ、誰かがきみを送っていく時間だ」

「おい、あんた、白黒はっきりとさせようじゃないか」とクライドが立ち上がりながら言った。

「正真正銘のピーターよ」とグレイディは言った。ピーターがその場にいることが日常茶飯事でもあるかのように、グレイディはそのことを非現実的なことのようには感じなかった。そして彼女は、驚きの感情をなくしてしまったかのように、ピーターを受け入れた。「ピーター、座って。私の友達を紹介するわ。にっこりと笑って」

ピーターはあっさりと言った。「僕の言うように、一緒に帰ったほうがいいよ」そう言うと、彼はテーブルからグレイディのハンドバッグを取り上げた。酒の載ったトレーを運んでいたウエイターは引き返していった。バブルは電気ショックを受けたかのように口をOの字にして、カウンターに体をかがめた。遠くから響いてくる高架鉄道を通過する轟音が、キンピカものので飾りたてられた室内を揺らした。クライドはテーブルをぐるりと回った。それは勝ち目のない試合同然だった。背丈はピーターの方が高かったが、彼には筋肉がなく、クライドのような喧嘩のセンスがなかったからだ。それでもピーターは、見た目の劣勢に自分なりのやる気満々の一瞥で対抗した。クライドの一撃は、蛇の急襲のように放たれた。彼はグレイディのハンドバッグをひったくるように取り戻し、彼女の傍らに置いた。グレイディはそのとき、露わになった彼の手首に気づいた。「痛い思いをしてくれたのね」グレイディは、ほとんど抑揚のない声でそう言うと、むき出しになったタトゥーの自分の名前に触れた。「私のために」グレイディはそう言うと、まずは顔のよく見えないクライドの方へ、それから、白く、見るに耐えないほど険しい、顔はそぎ取られたかのようなピーターの方へ視線を向けた。「ピーター」とグレイディは冷やかに言った。それから「クライドは痛い思いをしてくれたの。私のために」とため息まじりに言った。動いていたのは黒人の女の子だけだった。彼女はグレイディに腕を回し、少しよろめきながら、ふたりは一緒に化粧室に入っていった。

ここにいる限り、私には何も起こらない。グレイディはそう思うと、ギタリストの硬い胸にだらりと頭を垂れた。「クライドは私に蝶々を持ってきてくれたの」とグレイディは茶色に変色し、表面が剥がれかかった鏡に語りかけるように言った。「蝶々はペパーミントの袋に入っていたの」ギタリストは、「通りへ続く出口があるよ。あのドアを出たら、キッチンの外よ」と言った。しかし、グレイディは笑みを浮べながら答えた。「私は、それがペパーミントだと思ったの。とても甘かったわ。私の頭を触って。何かが飛んでいる感じがしない？」頭をつかんでもらっていると、グレイディは気分が落ち着いた。頭のふらつきが収まった。そして、動力が急下降する音の感覚があった。「そしてそれは、私の喉だったり、心臓だったり、私の体じゅうの、いろんなところを飛び回ることもあるの」ドアが開いて、やや邪悪な女性教師の面持ちで、ドラマーが耳障りに指を鳴らしながら入ってきた。「もう大丈夫よ」ドラマーは大声でそう宣言した。「フーパーが、あのろくでなしたちを追い出してくれたよ。それに今んところ、けが人も出てないしね。あんたが悪いんじゃないわ」ドラマーはグレイディの方を向いてこう言い添えた「あんたたち、ヤク中には困ったもんだわ。いつも騒動を起こしてばかりでさ」一方、ギタリストは、バナナサイズの指でグレイディの髪を優しく撫でながら、こう言った。「そんなのクソ食らえよ、エマ——この子は何が何だか、さっぱりわかっちゃいないんだから」小柄のドラマーはずーっとグレイディを見つめていた。「あんた、この有様、ちゃんと自分でわかってるの？　まったく」

縁石のところで水兵が小便をしていた。クライドたちが車を停めていた褐色砂岩敷きの通りには、この水兵以外には誰もいなかった。ところが、そこに車は停まっていなかった。それでグレイディは、さまざまな可能性を冷静に考えながら、ガス灯の下をぐるぐる回った。盗まれてしまったのだろうか、それともどうしたのだろう？　道路工事計画の一環として設置された換気口のパイプから、不快な蒸気が勢いよく流れてきて、蒸気にすっぽりと包まれてしまった水兵は、舗道の上で行きつ戻りつした。グレイディは、逃げ出すように三番街の方へと向かった。そこで、ゆっくりと向きを変えた車のヘッドライトが、彼女の輪郭をくっきりと浮かび上がらせた。

「おい、あんた！」ドライバーが大声で呼びかけた。グレイディはまばたきをした。それは彼女の車で、ガンプが運転席に座っていた。「たしかに、彼女だ」ガンプは言った。そしてグレイディにはクライドの声が聞こえてきた。「急げ。彼女をお前の隣に座らせろ」

クライドは後部座席にいた。ピーターも後部座席だった。ふたりはお互いに寄りかかっていて、両者が一体となった姿は、がっしりとして、双頭で、触手を持った生き物のように見えた。ピーターは、片方の腕を背中の後ろに持ち上げた格好で体を丸めていて、彼の顔はアルミホイルのように皺が寄り、出血していた。グレイディは、その姿に大きな衝撃を受けたので、何かがくずおれた。彼女は悲鳴を上げた。それは、まるで何ヶ月間も悲鳴を溜め込んでいたかのような凄さだった。しかし、その悲鳴が聞こえる者は、石のように静まり返った人通りのない曲がりくねった通りにも、車の中にもいなかった。ガンプとクライドと、それにピーターまでもが、言葉も音も無用な恍惚感に浸って一体となっていた――クライドの握りこぶしの、感覚を麻痺させる激しい一撃には無上の幸福感があった。高架鉄道の橋脚をさっとよけ、赤信号を無視してキーッと音を立てて三番街を疾走する車の中で、グレイディは壁とガラス窓に突っ込んで意識を失った鳥のように黙ったまま前方を見つめた。

人はパニック状態に陥ると、心はパラシュートの開き綱を引くように、何かにしがみつこうとする。だが、下降を止めることはできないのだ。彼らが乗った車は、横滑りしながら五九丁目からクイーンズボロ・ブリッジへと右折した。貨物船の汽笛が空ろに響き、二度と見ることのない空が朝焼けに染まる中、ガンプはこう叫んだ。「ちくしょう、死んじまうぞ」だが、彼はハンドルを握り締めるグレイディの手をゆるめることはできなかった。彼女は言った。「わかってるわ」

後記

トルーマンにとって、私はほぼ最初から「アッヴォカート」——彼の弁護士だった。しかし同時に、私は彼の友人でもあった。一九六九年に私が初めてトルーマンに会ったとき、彼には著名な友人も、悪名高い友人も、沢山いた。彼は、明らかにその当時、最も注目されたゴシップの的であり、人びとは彼のもとに押し寄せた。一九八四年、六〇歳の誕生日を迎える直前、ロサンゼルスにあるジョアン・カーソン宅で彼が亡くなる頃までには、彼の持ち前のユーモアは、悪意を含むものに変わっており、彼の想像力は、ほぼ認識できないほど現実を歪めるものになっていたため、彼にはほとんど友人は残っていなかった。長年にわたり、私は、多くの無分別で、時には極めて恐ろしい人間関係からトルーマンを救おうと努めてきたし、他の人よりもうまくこの問題に対応することもできた。それと並行して、とりわけ彼の晩年に近い頃、私は、彼を薬物中毒者やアルコール中毒者向けのさまざまなリハビリテーションセンターに入所させるという悲しく胸の張り裂けそうな仕事にあたることもあったが、彼はいつも施設から逃げ帰って来たし、とても面白くはあるが、容易には信じがたいエピソードを持ち帰ることもよくあった。

私が生前のトルーマンに最後に会ったのは、ニューヨークのユナイテッド・ネイションン・プラザにある彼のアパートの向かいのレストランだった。私たちはそこでよくランチを共にした。当時のトルーマンはいつもそうだったが、彼はその日も早めに到着すると、ウエイターはトルーマンの席に、トルーマン曰く、「Lサイズのオレンジジュースのグラス」を置いた。しかし、ウエイターも私も、グラスの中の半分はウォッカだと知っていた。しかも、それは一杯目ではなかった。私はトルーマンに会ってほしいと、かなりしつこく申し入れていた。というのも、私は、ロングアイランドのサウサンプトンで彼が意識を失ったときに治療にあたった医師から電話で、トルーマンは酒を断たなければ、六ヶ月以内に死ぬだろう、実際彼の脳は萎縮していると告げられていたからだった。私はそのことを直接トルーマンに伝え、もし彼が生き続けたいのなら、リハビリテーションセンターに戻って、酒と薬物を断ってほしいと彼に懇願した。トルーマンは私を見上げた。彼は涙ぐんでいた。彼は私の腕に手を置き、私の目をまっすぐに見つめながら言った。「お願いだ、アラン。死なせてくれ。私は死にたいんだ」トルーマンはあらゆる選択肢を使い果たしていたし、私たちはどちらもそれがわかっていた。もうそれ以上、言うべきことはなかった。

トルーマンは遺言書の作成を決して望まなかった。多くの人にとってそうであるように、彼もそれを不快に感じたのだ。しかし彼の健康状態が悪化していく中で、私は彼の死後、彼自身の作品を保護するために、事前の対応が必要だと彼に納得させることができた。最終的にトルーマンは、非常に短く簡潔な遺言書の作成に同意した。それは、彼の親友でかつての愛人でもあるジャック・ダンフィーに必要なものを提供したあとは、彼の著作物を含む一切を、彼の要望どおり、私を唯一の受託者とする受託財団に委ねるというものだった。またトルーマンは、親友ニュートン・アーヴィンを記念した年一回の文芸批評賞の設置準備を始めるよう私に指示をした。私が現金の残りをどう扱うべきかと訊いたところ、彼は、残金があるかどうかは疑わしいとしながらも、仮にあるとすれば、私が選ぶ大学やカレッジで発表される独創的な文芸作品に対して奨学金を提供してもらいたいとの意向だった。私は、他に要望はあるかと尋ねたが、返事はなかった。トルーマンは、私なら何をすべきか心得ているはずだし、彼自身よりも何事にもうまく対応してくれるに違いないとして、トルーマンらしく自信たっぷりに私にすべてを委ねた。

トルーマンの死後、私は妻ルイーズの献身的なサポートを受けて、彼が私に期待していそうな事柄に取り組んできた。そして現在、スタンフォード大学、アイオワ大学、ザビエル大学、アパラチア州立大学などの大学に、カポーティ奨学金制度が存在する。これらはすべて、輝かしいカポーティ二世の出現に期待を込め、また彼ら自身の独創的かつエネルギッシュな才能に対して与えられるものである。

トルーマンの逝去以来、私はトルーマン・カポーティ文学財団の受託者として、出版に関する事柄や、世界中のさまざまなメディアへの彼の作品の宣伝に関して数多くの判断を下してきた。二〇〇四年の後半に『サマー・クロッシング』の遺稿が見つかるまでの私の最大の難題は、トルーマンの新しい主要小説となるはずの『叶えられた祈り』を三章のみの単行本として出版すべきかどうかの判断だった。トルーマンと同世代の作家たちの中でも、彼は特に猫かぶりだったので、彼の書く内容が真実と虚構のいずれであるかを見分けるのは、しばしばとても困難だった。彼の健康状態とさまざまな才能が悪化するのに呼応するかのように、彼はますます本心を隠すようになっていた。特に、執筆量についてはそうだった。『冷血』の大成功のお蔭で、私はトルーマンの出版社であるランダムハウスに対して、新作の出版にかなり有利な契約を結ぶことができた。天空に浮かぶその星は、『叶えられた祈り』という題名の小説だった。それは、機会ある毎に、彼が編集者ジョー・フォックスと私に酒や夕食を共にしながら詳しく語ってくれた作品だった。この物語は、終始、複雑だが、いきいきとしており、ウィットに富む、やや意地悪な内容であり、多くの点でトルーマン自身を連想させる忘れがたい人物の視点から語られている。トルーマンの言い方を借りれば、この小説は、多くの章から成る長い尻尾をもった凧のようになるはずで、彼はいくつかの章の題名を興味津々の私たちの耳元で、極々密かにささやいたのだった。たしかに、トルーマンはせっせと書き続けていた――たしかに、彼はその本の半分を書き終えていた――たしかに、やがて書き終えるところまできていた・・・。そして歳月は過ぎていき、私は契約書の再交渉と修正を繰り返した。時には希望もあった。三つの章が雑誌に発表された。しかし、その後は何も示されなかった。彼は折に触れ、原稿はすべてしまい込んでいて、既に編集段階に入っているとか、ほぼすべて保管済みであるとか、一部は保管している、と私たちに請け合っていた。そして彼は死んだ。

私は重要な原稿の残りを探すために、ジョー・フォックス、トルーマンの伝記作家ジェラルド・クラークと三人で過ごした気の遠くなるような月日を決して忘れることはないだろう。私たちは、トルーマンのアパートとブリッジハンプトンの邸宅を探し回った。私たちはまた、トルーマンと同居したことのある人びとに質問を向けた。さらに私たちは、協力的な友人たちの仮説にしたがって徹底的に調査をしたが、成果は得られなかった。こうして私たちは一つの結論に辿り着いた。新たな章は存在しないのだと。文字通りのこの偽善者は、結局、親友と盟友をからかったのだと。新たに原稿が見つからないのは、彼がもはや書くことができなかったからに他ならないと。

ジョーにはこの世で証言してもらうことはできないが、私はきっと彼も私と同じく裏切られたと感じ、幾分かは傷ついたという私の思いに同感してくれるだろう。だが、ひょっとすると、トルーマンは意識が混濁する中で、この小説の残りを書き終え、原稿を安全にしまっており、彼の表現を借りれば、ふたりの後見人《ゴッドファーザー》である私たちが原稿を見つけ出し、華々しくそれを公開してくれるのだと本当に思っていたのかもしれない。

結局、ジョー・フォックスは、『叶えられた祈り』の三つの章を本の形で出版すべきだと提案した。ジョーは、これら三つの章はすべてこれまで雑誌に発表されており、どの章も素晴らしい出来栄えであり、三章はまとまりには欠けるが、少なくとも構成上は筋が通っていて、不思議にも三章寄り集まって一つの構造物となっていると主張した。その当時、私はこの提案をじっくりと慎重に検討した。そもそもトルーマンは、ジョーであれ、私であれ、その他の人びとであれ、誰かに彼自身、長編小説になるはずだと考えていた全体のうちの僅かに最初の部分だけを出版するよう指示するようなことはなかったに違いない。しかしながら、この三作品は、出版されたトルーマンの最後の著作物だったし、そのうちの一つ『ラ・コート・バスク』

は、トルーマンと親交の深い著名人の何人かを、大っぴらに脚色したものであり、キャリア面でも、それ以後のトルーマンの転落を画する作品としての意味があった。この作品は、余りにも不愉快な内容だったために、彼の友人の大半は、怒りを抑えることができなかった。事態は、彼らがトルーマンに敵意を抱いただけでは収まらなかった。トルーマンは、その頃までには自分自身に敵意を抱くほど、健康状態が悪化していた。私とジョーは、三つの章を本として出版すべきと意見が一致し、『叶えられた祈り』は一九八七年に刊行された。

その決断は、やがて簡単なことだったとわかる。それよりも遥かに難しい決断を迫られる事態が二〇〇四年の後半に生じ、二〇〇五年の初めまで続いた。二〇〇四年秋、私はニューヨークのサザビーズから、カポーティの遺品が発見された旨の手紙を受け取った。遺品の中には、既に刊行されていたいくつかの作品の原稿、多くの手紙、写真、未刊行小説と覚しきものが、サザビーズのオークションに持ち込まれたとのことだった。私たちの誰ひとりとして、このような書類が存在するなどと考えたことはなかった。サザビーズによると、ある一般人の叔父にあたる人物が、一九五〇年頃にブルックリンハイツにあるトルーマンの住む地階アパートの守衛をしていたらしい。その一般人の主張では、トルーマンはある時点で不在となり、アパートには戻らないことに決め、アパートの管理人に置きっ放しの私物をゴミ収集のために通りへ出しておいてほしいと伝えた。すると例の守衛がこの様子を目撃し、これらの品々が放っておかれるままにされるのは忍びないと感じたために、それらを保管しておくことにしたとのことだった。それから五〇年が経ち、今ではこのジェントルマンは他界し、親族のひとりがそれらを譲り受け、売却を望んでいるのだった。

私は、サザビーズがそれらの遺品の鑑定と売却の黙認を求めて、トルーマン・カポーティ文学財団の受託者である私に連絡してきたのだと即座にわかった。サザビーズから送られてきた目録には、資料が列挙されており、資料のいくつかには写真が添えられていた。写真の中には、トルーマンが執筆に用いた創作ノートに記した未刊行小説の原稿の一、二ページも含まれていた。

私が知り合う前のトルーマンについて最も信頼をおく情報源は、トルーマンの伝記作家ジェラルド・クラークだった。ジェラルドは、トルーマンに関する明快な伝記を著わしただけではなく、トルーマンの私生活の出来事について綿密な記録を保持してもいた。実際、ランダムハウスは、クラークが編集したトルーマンの書簡集を刊行したばかりであり、その書簡集に関して、彼は私に照会してきた。書簡集の手紙の中で、トルーマンは最終的に執筆を中断するに至るまでの間、『サマー・クロッシング』という題名の小説の原稿に悪戦苦闘している様子を綴っている。この小説については諸説ある。トルーマンがこの作品の出版をまったく望んでいなかったという証拠はある。にもかかわらず、ある友人に宛てたのちの数通では、彼が依然として出版を考えているふしも窺われる。トルーマンは私に『サマー・クロッシング』について話したことはなかったし、ジェラルド・クラークも、トルーマンが最終的にこの原稿をどうしたかったのかについては明確な意見を持っていなかった。また、ジョー・フォックスは一九九五年に他界していた。

ジェラルド・クラークは、サザビーズでその品々を確認するための労を取り、、コレクションのさまざまな品に目を通した。実際には、トルーマンの母親と継父からの手紙が何通かあった（それらは貴重なものだった。トルーマンと彼らとの関係が完全に断ち切られていたと推測させるものだったからである）。最愛の友人ニュートン・アーヴィンに宛てたおびただしい数の手紙、若い頃のトルーマンの写真、注釈が書き込まれたトルーマンの初期の作品の原稿、それにもちろん『サマー・クロッシング』と題名が記された小説の完全な原稿と覚しき品もあった。

次の段階は、その原稿を読む機会を得ることだった。私は、ランダムハウスでトルーマンの作品の編集を引き継いでいたデイヴィッド・エバーショフに、その小説のコピーを取らせてもらえるようサザビーズに掛け合ってほしいと要請した。それと同時進行で、私は、もしサザビーズがこれらの資料をオークションにかける場合、すべての入札予定者に、出版権はトルーマン・カポーティ文学財団に帰属し、資料の一部としての競売対象とはならないことを明示してもらう確約を得なければならなかった。私はまた、可能ならば、これらの資料と収集品は、最終的にトルーマンの他の書類、原稿、資料が保管されている場所、すなわち、ニューヨーク公共図書館で保管してもらう約束を取りつけたかった。私は、図書館との協議に取りかかり、先方に資料を審査し、できれば購入する手筈を整えてほしいと申し入れた。ジェラルド・クラークもこの目的を遂げるため、図書館へ働きかけてくれた。私は、この原稿の出版権がトルーマン・カポーティ文学財団にあるということをサザビーズが間違いなく明示してくれるように、オークション会場のすべての座席にビラを貼りつけるということ、また、オークション開始前には、競売対象はモノだけであって、出版権は財団にあるということをアナウンスしてもらいたい旨を申し入れた。私は念のために、小説家の息子ジョン・バーンハム・シュワルツとトルーマンを幼少時から知るある人物に、すべてが順調に進むかどうかをサザビーズのオークション会場で確認してもらった。こうした試みの結果、オークションでの入札者が皆無という驚くべき結果となった。それには二つの理由があったと考えられる。最低入札価格が高額だったこと、私たちがサザビーズと打ち合わせていた出版に関する告知のために、入札予定者が足踏みしたことである。

ジェラルド・クラーク、デイヴィッド・エバーショフ、私の三人は、ニューヨーク公共図書館に対して、これらの資料を買収し、常設の「トルーマン・カポーティ・コレクション」コーナーに保管してもらうための作戦に着手した。最終的にサザビーズと財団との間で合意が形成され、今回見つかった書類が、現在、学者や文学の歴史に興味を持つ人びとに閲覧可能な形で、トルーマン関連の他の書類と共に、無事保管されていることを私は嬉しく思う。

私は『サマー・クロッシング』の原稿を、大きな興奮と幾分かの不安をもって読んだ。私は、トルーマンがこの小説の出版を望んでいない可能性を大いに感じながらも、この作品が彼のイコン的処女小説『遠い声・遠い部屋』執筆以前の若きトルーマンを浮き彫りにしてくれるだろうと期待した。もちろん、私は自分の判断を頼りにするつもりはなかった。そこで私は、妻のルイーズはもちろんのこと、デイヴィッド・エバーショフと、ランダムハウスでトルーマンのシニアエディターを務めるロバート・ルーミスに原稿を読んでもらい、印象を共有してもらえるよう依頼した。私たちは皆、良い意味でこの原稿に衝撃を受けたと言ってもいいだろう。優れた作品というわけではないにせよ、それは独創的な声と驚くほど熟達した散文作家の力量を余すところなく表わしていた。

もちろん、この原稿の文学的価値を判断するのは私だけではない。私たちは協議を重ねた末、この原稿が出版されるべきとの結論に至った。私たちは、この作品が自らその価値を確立している十分に成熟した作品であり、『ティファニーで朝食を』につながるのちの表現形式と技量の兆しが顕著に認められると判断を下した。私は最終的な決断を下す前に、友人のジェイムズ・ソールターに最後の原稿の読み直しの責任を託した。ジムは私の親友であると同時に、同世代の最も優れた散文家として広く認識されている。ジムはその責務を快諾し、程なくして、私の他の三名の判断とほぼ同意見であると伝えてきた。こうして決断は、私に委ねられることになった。

弁護士として私は、公益財団の管財人としての責任を痛感している。私はまた、いかなる受託者も決断に至る過程で、真剣に努力するべく細心の注意を払うべきであると確信してもいる。しかしながら、財団の受託者であろうが、文学関連の遺言執行者であろうが、生前に出版を望んでいなかったと大いに考えられる有名小説家の死後の作品を出版すべきかどうかについて決断しなければならない立場に置かれることは滅多にない。トルーマンは一九八四年に死去した。トルーマンは今、どう考えているだろうか？　この原稿をどうすればよいのかを決する上で、トルーマンは歴史的な観点と本当に明晰な頭脳を持っていたのであろうか？　熟慮の末、私はこの小説自身にその価値を語らせるべきとの思いが明確となった。原稿は不完全ではあるものの、意外なほど大きなその文学的価値は、それまで秘められ続けてきた状態からの解放を求めているように思われた。この作品は出版されるであろうという予感である。

私は私の助言者、その他、この作品の出版の実現に力を貸してくれたすべての人びとに感謝したい。もちろん、結局のところ、この決断の責任は、法律的にも倫理的にも、そして美学的見地からも私個人にのみあり、またそうでなければならない。その意味で私は、トルーマンが書き終えたと信じていた小説（『叶えられた祈り』）を私たちがその通りに出版できなかった一方で、恐らくは彼が出版を望まなかったであろうこの小説を、私たちが出版することになったという皮肉な展開を忘れてはならない。このような文章を綴りつつ、私は、いたずらっぽい笑みを浮べ、私に向かって指を揺り動かすトルーマンの姿が見えてくるようである。「このやんちゃなアッヴォカートめが！」トルーマンはそう言っている。しかしそう語るトルーマンは笑顔だ。

アラン・U・シュワルツ
二〇〇五年　十月

原本についての注記

『サマー・クロッシング』のこの初版は、ニューヨーク公共図書館のトルーマン・カポーティ・コレクションに保管されている補足メモ六二ページを含む四冊のノートに綴られたカポーティの原稿を活字に組んだものである。編集者らは、暗黙の同意の下、一貫性を欠く語法と綴りのミスを正している。作者の趣旨が曖昧な箇所には、編集者側でコンマなどの句読点を補い、単語が欠けている二、三の文には単語を挿入している。編集者らが第一に心がけたのは、作者の原稿を忠実に再生することである。修正は、曖昧な箇所を明確にするためだけに施されている。

ニューヨーク公共図書館のトルーマン・カポーティ関連資料

『サマー・クロッシング』の原稿は、インク書きで、カポーティによる修正が大量に書き込まれた四冊のノートから成る。原稿には六二ページに及ぶメモが補足されている。この原稿とメモは、ニューヨーク公共図書館の人文社会科学分館内の原稿・アーカイブ部門に保管されたトルーマン・カポーティ関連資料の一部である。資料の大部分は、一九八五年にカポーティの遺産継承者からニューヨーク公共図書館に寄贈された。以後、本図書館は、コレクションの補完のため資料の獲得を継続してきた。『サマー・クロッシング』の原稿もその一つである。

トルーマン・カポーティ関連資料は、自筆の原稿、作者の既刊・未完作品のタイプ原稿、メモ及び作品に関係のあるその他の資料、カポーティの高校時代の著作物、往復書簡、写真、図画資料、種々雑多な私的文書、印刷物、スクラップブックから成る。

原稿・アーカイブ部門には、紀元前三千年からここ十年までの間の三千点以上もの記録文書が保存されている。この部門の最大の長所は、主としてニューヨーク管区出身の個人、一族、組織に関する書類と記録を所有していることにある。一八世紀から二〇世紀までの間のこれらのコレクションは、ニューヨーク及びアメリカ合衆国の政治、経済、社会、文化面での歴史研究を支えるものである。特筆に値するコレクションとしては、「ザ・ニューヨーカー」、マクミラン出版社、全米オーデュボン協会、ニューヨーク万国博覧会に関する記録、個人に関する書類では、トマス・ジェファーソン、リリアン・ウォルド、H・L・メンケン、ロバート・モーゼスのものなど多様である。

訳者あとがき

本書『サマー・クロッシング』は、トルーマン・カポーティ（一九二四―八四）の遺稿*Summer Crossing*（二〇〇五）の邦訳である。カポーティは一九四三年からこの物語の執筆を開始し、その後、中断の時期を経て、一九五〇年頃これを書き上げた。ところが彼は、この作品にひっかかるところを感じたために原稿を破棄した。生前、彼は折に触れてそう公言した。しかし、二〇〇四年秋、四冊のノートに綴った『サマー・クロッシング』の原稿を含む彼の貴重な遺品が発見された。その経緯と原稿ノートが辿ったその後の運命は、アラン・U・シュワルツが遺稿に寄せた本書の「後記」に記されているとおりである。

ところで一九四三年は、カポーティの創作活動が本格化しはじめた節目の年である。同年、短編 "The Walls Are Cold" を文芸誌「デケイド・オブ・ショート・ストーリーズ」（*Decade of Short Stories*）に発表したのを皮切りに、彼は少なくとも一九五一年までの九年間は毎年途切れることなく、「マドモワゼル」や「ハーパーズ・バザー」などの雑誌に短編小説を発表し続けた。しかも、それらの作品は、シェルショックを患った帰還兵士をモチーフにした物語（"The Shape of Things" 一九四四）、大都市に暮らす独居老女の孤独と恐怖を描いた物語

（"Miriam" 一九四五）、一人暮らしのインディアンの老人が、森で出くわした猟師をイエス・キリストと信じ込み、命乞いをするといったトール・テイル（ほら話）風の物語（"Preacher's Legend" 一九四五）など、内容や趣きは極めて多様である。つまり、カポーティにとって一九四〇年代中盤から五〇年代にかけての期間は、自らの小説世界を開拓すべくさまざまな素材や主題に挑戦し続けた修行の時期であったと言えよう。『サマー・クロッシング』も例外ではなかった。この物語は、カポーティの小説には珍しく、社交界へのデビューを目前に控えた上流階級の令嬢を主人公としている。また、主人公の無理心中というエンディングもカポーティ小説では稀有である。これらの点において、この中編小説はまさしく実験的な試みであった。

しかしその一方で、この実験作の主人公グレイディ・マクニールから『ティファニーで朝食を』（一九五八）のホリー・ゴライトリーを連想するのは訳者だけではないであろう。たしかに、ふたりには多くの違いがある。とりわけ、両者の出自はまったく異なる。幼くして両親を亡くした孤児のホリーと特権階級の息女グレイディはそれぞれ別世界の存在である。また、ホリーと無理心中は結びつきがたい。作者自身、両者の違いの有無を問われたインタビュー の中で、「もちろん、ある」と答えているほどである（Lawrence Grobel *Conversations with*

Capote 95)。しかし、それにもかかわらず、グレイディとホリーはオーバーラップする。なぜであろうか。

グレイディとホリーが重なり合うのは、彼らに共通点があるためであろう。ホリーは、彼女が「いやなアカ」(mean reds) と呼ぶ得体の知れない不安感に襲われることがあるのだという。その不安感が孤児意識に根ざすものかどうかはさておき、彼女はティファニーの落ち着いた雰囲気がその不安感を和らげてくれるとして、「ティファニーにいるような気持ちにさせてくれるような現実の場所」(a real-life place that made me feel like Tiffany's) を探し求めている。一方グレイディは、母ルーシーの愛情とルーシーが重んじる上流社会の伝統や価値観に不信感を抱き、自身とは異なる社会階層の青年クライドに関心を向けるものの、やがてクライドが住む世界に溶け込むことができないことを知る。つまり両者の置かれた境遇は異なるが、グレイディもホリー同様、自身が所属すべき場を求めてさまようキャラクターなのである。この両者の共通点が『サマー・クロッシング』と『ティファニーで朝食を』を結ぶ要因となっている。後者の主題は、『サマー・クロッシング』の中に既に胚胎していたと考えることができるであろう。

さて、この遺作の文体面にも触れておきたい。カポーティは、同世代作家のウィリアム・スタイロンやノーマン・メイラーらを唸らせるほどのスタイリスト（美文家）だった。彼は言葉の響きを重視し、比喩表現を多く用いることで、詩的な雰囲気を物語の随所に散りばめた。その技量は、シュワルツが「独創的な声と驚くほど熟達した散文作家の力量を余すとことなく表わしていた」（「後記」より）と評するように、『サマー・クロッシング』でも存分に発揮されている。言葉の響きを意識して綴られた文と比喩を用いた文の事例をそれぞれ一例挙げておきたい。

「四方八方へ揺れる彼女の髪はさび色の菊の花のようで、その花びらが彼女の額にゆるりと垂れていた。そして彼女の目は化粧をしていないほっそりとした顔に見事にフィットしていて、ウィットや若々しさなど、あらゆる魅力を映し出していた」（第三章）と訳出した原文は、Her everyway hair was like a rusty chrysanthemum, petals of it loosely *f*alling on her *f*orehead, and her eyes, so startlingly set in her *f*ine unpolished *f*ace, caught with *w*it and green aliveness *a*ll atmosphere.（文字修飾訳者）である。厳密な意味での押韻（頭韻）とは言えないが、順にf・s・f・w・aで始まる単語がほぼ連続し、それによって心地よい韻律を醸している。

またカポーティは、冷房のきいた映画館を出たグレイディとクライドの目に映るうだるような暑さのレキシントン・アヴェニューを、「星の出ていない夕暮れどきの空が、棺の蓋のように低く迫っていた。そして壊れかけた新聞売場とハエの羽音のような音を立てて明滅するネオンが並ぶ本通りは、長く伸びて悪臭を放つ死体のように見えた」(Starless nightfall sky had closed down like a coffin lid, and the avenue, with its newsstands of disaster and flickering fly-buzz sounds of neon, seemed an elongated, stagnant corpse. 第四章) と綴っている。「星の出ていない夕暮れどきの空」を「棺の蓋」に喩えたことに関連し、ふたりの目の前に伸びる本通りが棺に横たわる死体に擬えられている。この比喩の連鎖により創出された不気味な雰囲気は、ニューヨークの真夏の異様な暑さを独創的かつ効果的に伝えている。

以上、グレイディとホリーとの共通点、カポーティ小説の文体の特質という二つの観点から『サマー・クロッシング』について若干の注釈を施した。残念ながら、この作品に対する学術的な評価はまだ定まってはいないようである。二〇二四年、カポーティの生誕百周年を迎える。その節目に『サマー・クロッシング』の評価の気運が高まることを期待するばかりである。

最後に、本書の刊行にあたり、訳者の畏友で開文社出版社長の丸小雅臣氏に御礼を申し上げたい。同氏には本書の翻訳出版権の取得から刊行に至るすべての過程で大変お世話になった。

また本書は、訳者の勤務先の研究組織である九州国際大学教養学会から出版助成を受けている。ここにその旨を記し、同学会に感謝申し上げる次第である。

二〇二三年一月
大園　弘

[訳者略歴]

大園 弘（おおぞの ひろし）

1959年生まれ。西南学院大学大学院文学研究科博士前期課程修了。修士（文学）現在、九州国際大学教授。

主要著訳書：『子供時代への懸け橋―トルーマン・カポーティのアメリカ南部時代』（訳書 マリアン・M・モウツ著）英宝社 2006年／『カポーティ小説の詩的特質―音と文彩』春風社 2016年。

主 要 論 文：「トルーマン・カポーティ〈昼のスタイル〉における無意識の考察」（『九州英文学研究』7号 1990年）／"On Capote's Motive for Writing *Breakfast at Tiffany's*"（同14号 1997年）／「Capote著 *Summer Crossing*の素材と主題」（同39号 2023年）など。

サマー・クロッシング （検印廃止）

2023年2月20日 初版発行

著者	トルーマン・カポーティ
訳者	大園 弘
発行者	丸小雅臣
組版所	日本ハイコム
カバー・デザイン	萩原まお
印刷・製本	日本ハイコム

〒162-0065 東京都新宿区住吉町 8-9

発行所 **開文社出版株式会社**

TEL 03-3358-6288 FAX 03-3358-6287

www.kaibunsha.co.jp

ISBN978-4-87571-100-1 C0097